Pour Fergus,

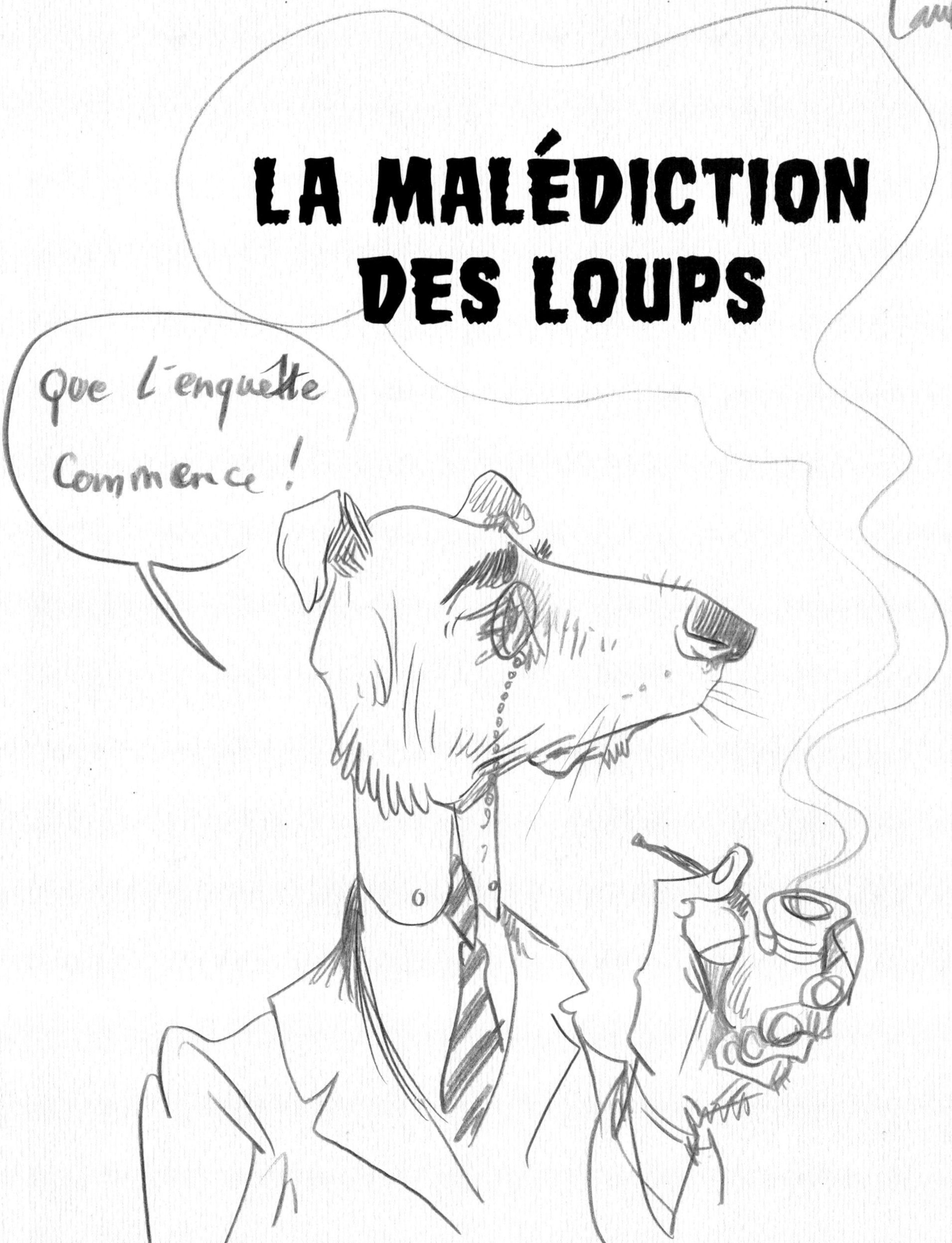

LA MALÉDICTION DES LOUPS

Camille Renversade

Frédéric Lisak

Petite Plume
de carotte

⟨PROLOGUE⟩

L'incroyable histoire que vous allez découvrir a eu deux commencements.

Le premier, c'était il y a un peu moins de deux ans. Je venais de finir mes études en comportement animal et j'avais passé un séjour dans les Alpes du sud-est pour clore mon cursus par un stage de terrain.
Ce fut éprouvant. Certes, j'étais ravi de pouvoir aller étudier les loups dans le massif du Mercantour, mais j'avais été très désagréablement surpris de constater à quel point l'hostilité humaine vis-à-vis de ces animaux était encore vivace, alors qu'ils avaient été absents des Alpes pendant plus de cinquante ans. On était au début du XXIe siècle, et bien des gens racontaient encore les pires horreurs sur ces animaux pourtant si pacifiques...
Cela avait fini par me mettre mal à l'aise, au point que j'étais rentré de mon stage troublé, indécis quant à mon avenir professionnel. Allais-je vraiment consacrer ma vie à étudier sereinement les loups sans tenir compte de toutes ces légendes et superstitions inscrites dans la mémoire des hommes depuis des millénaires ?

C'est alors que je reçus un curieux message : les services secrets anglais avaient l'honneur de m'informer qu'ils m'envoyaient une malle ancienne contenant les effets personnels du major Percy Harrison Kinks. Cette malle venait d'avoir cent ans, elle était désormais déclassée du « secret défense ». Et il se trouve que j'étais le seul héritier connu à ce jour de ce major Kinks.

Le second début de cette histoire, le vrai sans aucun doute, a donc un siècle. Je l'ai découvert le jour où j'ai reçu cette fameuse malle.

Elle appartenait à mon arrière-arrière-grand-père, le major Kinks, officier des services secrets de Sa Majesté peu avant la Première Guerre mondiale. Elle contenait, sous forme de documents divers et variés, tous les éléments d'un épisode tragique de sa vie, survenu au printemps 1912. Une histoire à la fois effroyable et extraordinaire, mêlant récits légendaires, meurtres atroces et affaire d'espionnage. Le tout autour d'un « personnage » qui ne pouvait pas me laisser indifférent : le loup !

Je me suis donc plongé dans les archives de mon aïeul, parcourant attentivement ses notes, découvrant ses dessins de terrain, des photographies et des coupures de journaux de l'époque, des objets également. Grande a été ma stupéfaction devant les dossiers aussi précis que complets du professeur John M. Nicholson, synthèse à nulle autre pareille des rapports de notre société aux loups, les histoires, les légendes, les fantasmes aussi.

~

Aujourd'hui, j'ai fini par reconstituer toute cette aventure. J'en ai fait un récit, narrant aussi fidèlement que possible – du moins je l'espère, puisque j'y parle au nom du major, mon aïeul – les événements qui sont survenus au milieu de la lande du Devon en 1912. J'y ai soigneusement intercalé les dossiers du professeur, là même où il me semblait que le major avait pu les parcourir pour progresser dans son incroyable enquête.

Ce récit, je souhaite le voir publié. Car au-delà de l'histoire fantastique qu'il porte, il me semble être la meilleure réponse possible pour contrer toutes les stupidités que l'on peut encore raconter de nos jours sur les loups. Sa tentative de faire la part des choses entre l'imaginaire et la réalité est d'une force que je n'avais jamais vue auparavant.

Ce matin, je suis donc allé déposer mon manuscrit chez un éditeur que l'on m'a recommandé. Je n'ai quasiment rien dit, je l'ai laissé feuilleter. Et j'ai bien remarqué qu'à la vue des premières pages, une petite lumière s'était allumée dans ses yeux. «Laissez-moi quatre semaines pour lire attentivement cela, m'a-t-il dit, et je vous dis si je publie ou non.» Quatre semaines, je veux bien. Cela fait cent ans que le récit de mon aïeul attend. Cela fait encore bien plus longtemps que les loups sont victimes de nos fantasmes...

James Harrison Kinks

PAR
JAMES
HARRISON
KINKS

LA MALÉDICTION DES LOUPS

SUR LA PISTE
DES HOMMES-LOUPS

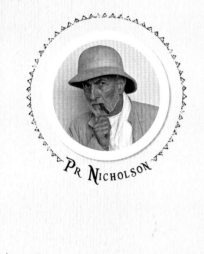

Pr Nicholson

De gauche à droite : notre guide indien, moi-même, le professeur Nicholson et Stanley Barking.

Cela faisait déjà deux mois que j'avais été nommé lieutenant : j'avais reçu mon premier poste à Delhi, dans cette région au nord de l'Inde. Mis à part les pluies tropicales, l'ambiance était bonne, les tribus calmes, et je découvrais avec un plaisir intense cette lumière et ces odeurs d'épices si loin de celles de notre vieille Angleterre.

Ce jour-là, j'étais bien tranquille à Delhi, sirotant un gin tonic au bar des officiers de notre glorieuse armée de l'Empire britannique des Indes. Je débutais un repos d'une longue semaine, et j'avais décidé d'en profiter pour discuter un peu avec Stanley Barking, jeune officier lui aussi arrivé depuis peu, mais surtout passionné comme moi d'occultisme et d'ésotérisme.

Quand soudain, John M. Nicholson est entré dans la pièce. J'étais stupéfait : la dernière fois que je l'avais vu, il y avait plus d'un an, j'étais à Londres, sur le banc d'un de ses fameux cours en criminologie…

« Professeur, mais que faites-vous ici ?
– Mon jeune ami, je viens vous sauver
de votre ennui : je vous emmène,
vous et Barking, sur la piste des
cynocéphales… »

Voilà déjà six jours que nous sommes
partis de Delhi avec ce cher professeur Nicholson pour le Cachemire.
Six journées de marche harassante,
à parcourir les pistes gorgées d'eau
par la mousson et à grimper sur les
contreforts glissants des montagnes.
Tout là-haut, des grottes nous atten-
daient, avec leurs hypothétiques
habitants, ces hommes à tête de loup
décrits par les légendes. Le professeur
y croit encore, il est bien le seul de
notre expédition…

Nous faisons demi-tour sans avoir
vu dans ces montagnes l'ombre d'un
homme à tête de loup. En revanche, nous avons entendu
nombre d'histoires monstrueuses racontées par les gens des
villages : régulièrement, de jeunes enfants sont découverts à
moitié dévorés. « Par des loups », nous disent-ils. Nicholson
en rajoute dans l'horreur en disant qu'il pense plutôt que ce
sont des infanticides camouflés, la plupart des victimes étant
des petites filles.
Et puis Barking, qui nous accompagnait, revient avec une
blessure sévère causée par une morsure de loup. Pourvu que
l'animal n'ait pas été atteint de la rage…

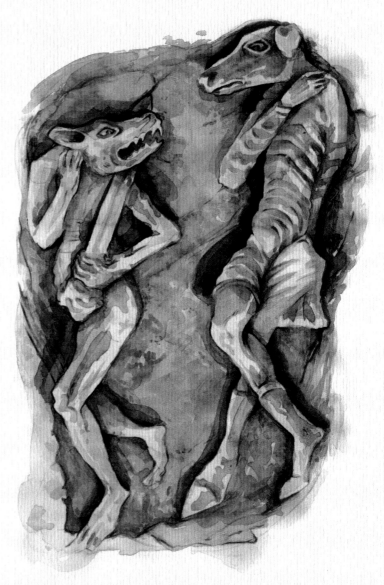

*Au IVe siècle avant
J.-C., Alexandre
le Grand rapporte
des Indes d'étranges
histoires d'hommes
à tête de loup :
les cynocéphales.*

CHAPITRE 2

EN ROUTE
POUR LE DEVON

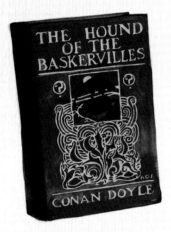

L'édition originale du Chien des Baskerville, *en 1902.*

Stupéfait, je relis l'article du Times *évoquant la disparition du professeur Nicholson.*

Je n'aurais peut-être pas dû boire autant hier au soir… Il faut dire que j'avais envie de fêter dignement ma nomination comme major au tout nouveau Military Intelligence Service, Section 5 – le MI5, comme on dit entre nous. J'avoue que je suis assez fier, quatre ans à peine après mon premier poste en Inde, de me retrouver aujourd'hui à Londres, membre de ce groupe d'élite chargé de la sécurité intérieure et du contre-espionnage.

Des tambourinements puissants me sortent de mes rêveries. Bon sang, mais qui peut bien s'acharner ainsi sur ma porte ? Je descends en maugréant contre l'impudent. Mais le jeune facteur que je découvre me regarde à peine signer le reçu qu'il me tend, me jette un paquet et disparaît. Je pars me recoucher, ma tête jouant une nouvelle fois des cymbales.

Deux heures plus tard, enfin frais et dispo, me voici devant le colis posé sur la table de la cuisine. Je me régale à l'avance : il y a des chances que ma sœur, pour me féliciter de ma promotion, m'ait envoyé quelques-uns de ses délicieux scones au zeste de citron… Ah, pas du tout, c'est un livre. Pas neuf, voire abîmé. De plus, je l'ai déjà lu : c'est *Le Chien des Baskerville*, de sir Arthur Conan Doyle. Quand il a été publié il y a une dizaine d'années, j'avais littéralement dévoré ce roman policier mêlant recherches minutieuses d'indices et histoires fantastiques. Une lecture idéale pour un chargé des services secrets de Sa Majesté !

Le cœur de l'intrigue se passait dans le Devon, si je me souviens bien, au milieu de la lande et des villages sombres de cette contrée du sud-ouest de notre pays.

Je feuillette le roman. Quelqu'un a écrit au fil des pages : des chiffres, des lettres, des mots soulignés. Mais, cette écriture…

Une carte s'échappe du livre. Je la ramasse et y déchiffre quelques mots rédigés nerveusement : *De la part du professeur Nicholson. Violet Shelley.*

Bon sang, ce cher professeur ! Mais qu'est-ce que cela signifie ? Et qui est cette Violet Shelley ?

Devon, Baskerville, le professeur… Ces mots se mettent à tourner dans ma tête, comme lorsque je sens une mécanique qui se met en route. J'ai lu quelque chose dans le journal d'hier. Distraitement. Trop distraitement.

Où est-il, ce fichu journal ? Là ! Un article sur de mystérieuses attaques de troupeaux… dans le Devon ! Et puis juste à côté, un autre article qui m'avait échappé, et qui annonce la disparition du professeur… dans le Devon !

C'en est trop, je pars sur-le-champ.

Times

POSTAGE { INLAND ... 1½d. CANADIAN PKT. 1½d. ABROAD ... 2½d. } PRICE 2d.

...SDAY, FEBRUARY 8, 1912.

UNE NOUVELLE ATTAQUE DE TROUPEAUX

John Harris, notre correspondant du Devon, nous signale que des brebis ont subi une nouvelle attaque étrange il y a deux jours, dans les landes du Dartmoor. Comme nous le relations dans notre édition du début de la semaine, c'est la troisième fois en moins de quinze jours que ce troupeau est victime d'un mystérieux animal.

À chaque fois, le scénario a été le même : paissant librement sur les landes, les brebis ne sont pas rentrées dans leur bergerie pour la nuit. Leur propriétaire les a découvertes complètement affolées avant-hier matin, et deux animaux étaient morts, l'arrière-train à moitié dévoré. Trois autres brebis, blessées mais encore vivantes, portaient des traces de grandes griffures sur le dos.

On soupçonne la présence d'un chien redevenu sauvage, la police locale a ouvert une enquête.

Mystérieuse disparition dans le Dartmoor

La police de Moretonhampstead vient d'émettre un avis de recherche sur la personne du professeur John M. Nicholson, suite au signalement de sa disparition par le patron de l'auberge où il logeait dans le village de Manaton.

Bien connu de nos lecteurs pour ses travaux en criminologie, il semblerait que le professeur était en vacances dans la région depuis deux semaines. Mais on ne peut s'empêcher de se demander s'il n'était pas là en relation avec les étranges attaques de troupeaux qui sévissent depuis peu (lire notre article ci-contre).

Espérons que la police locale saura très vite le localiser.

LE COLONEL

Quel bonheur, ces nouvelles locomotives : en un peu plus de quatre heures, le train me transporte sur les 200 km séparant Londres d'Exeter. Et j'arrive juste à temps pour enchaîner sur le Exeter-Moretonhampstead – 20 km à peine, mais au moins une bonne heure de trajet.

Sur les quais, j'ai eu la bonne surprise de croiser ce cher Barking. Depuis notre aventure commune en Inde, il y a quatre ans, nous ne nous sommes jamais perdus de vue. Je sais qu'il a été nommé colonel du Devonshire Regiment l'année dernière à Exeter, nous voyageons donc ensemble. J'ai eu l'impression qu'il était un peu gêné de me voir. Du coup, sans savoir pourquoi, je n'ai pas eu envie de lui donner la raison de ma présence ici. Je lui ai indiqué que je venais un peu me reposer et il m'a offert un guide touristique du Devon. Drôle de séjour touristique !

Me voici arrivé. Que faire maintenant ? Pourvu que la mystérieuse Violet Shelley ait reçu mon télégramme. Je n'ai pas le temps de me poser la question qu'une jeune femme vient vers moi.

« Major Kinks ?
– Mademoiselle…
– Je suis Violet Shelley, vétérinaire à Manaton. Merci d'être venu si vite. Tenez, voici les dossiers que le professeur Nicholson voulait vous confier, il me les a laissés la veille de sa disparition.
– Les dossiers ?
– Oui, il y en avait 10 en tout, mais j'ai vérifié, il en manque un, le numéro 7.
– Mais enfin, pouvez-vous m'expliquer…
– Pas maintenant. Regardez plutôt le dossier n° 1 pendant que je vous conduis à votre auberge. Vous allez vite plonger dans ce qui se passe ici. »

Violet Shelley,
à la gare de
Moretonhampstead.

La peur des loups

LOUP, s. m. *lou.* Animal sauvage et carnassier qui ressemble à un gros chien.

Lŭpus, i, *m. Cic.* Loup. *m. Animal féroce.*

JOURNAL DES VOY...

DEUX SOLDATS SERBES ATTAQUÉS PAR DES LOUPS

Un combat acharné, plus terrible peut-être que ceux engagés avec les soldats du sultan, commença entre les hommes et les féroces animaux. L'un d'eux, tombé à terre, lutta à l'arme blanche, combattant presque corps à corps avec la meute tout entière, tandis que son camarade, bien d'aplomb sur son arbre, tirait sans discontinuer.

ACCIDENT ÉPOUVANTABLE

Arrivé en 1849 à St-Dizier (Haute-Marne),

Occasionné par un Loup enragé.

Un événement presque sans exemple vient de jeter l'épouvante dans la ville de St-Dizier (Haute-Marne). A six heures du matin, un loup d'une taille énorme s'est jeté sur le chien du sieur Benet, ancien garde de M. De Laloyère. Comme à cette heure, où le jour se dessine à peine, il régnait un épais brouillard, le sieur Benet ne savait à quoi attribuer les cris de son chien, qu'il n'apercevait pas; il voulut donc en connaître la cause; malheureusement il avait à peine fait quelques pas que le loup abandonna sa proie pour se précipiter sur lui. Benet a eu le crâne presque entièrement dénudé. Plaquet-Plet, qui est accouru sur-le-champ pour porter secours, a été attaqué par le loup, ainsi que le sieur Larbalestier, mais ce dernier seul a été

ÉPOUVANTABLE
à Courtagnon (Marne),
ur un Loup enragé.

que sans exemple vient de jeter
une de Courtagnon ; à 6 heures
une taille énorme s'est jeté sur le
, ancien garde de M. De Laloyère.
, où le jour se dessine à peine, il
uillard, le sieur Benet ne savait à
cris de son chien qu'il n'apercevait
en connaître la cause ; malheureu-
peine fait quelques pas que le loup
ie pour se précipiter sur lui. Benet a
e entièrement dénudé. Plaquet-Plet,
ue pour porter secours, a
le loup, ainsi que le sieur Larbalestier,
seul a été mutilé. Dans ce moment
e, les secours devinrent assez importants
r l'animal furieux à lâcher prise et à
fut pour revenir presque aussitôt à la
essuyé alors plusieurs coups de feu,
irection et parvint à mordre encore
rigot et le sieur Billard fils.
es victimes et de leurs parents, les secou
as fait attendre ; trois autres personnes o
légèrement atteintes par le loup ; mais al
le tambour a battu le rappel, la population s'est arn

UN HÉRITAGE PAS VOLÉ. — Puis, les revolvers au poing, il attendit. (Page 407, col. 2).

XII

Le matin de Noël, Mariette sortit :
« Je vais emplir ma cruche ; attends, mon beau
|petit ».
Le puits n'est qu'à vingt pas. Déjà la cruche est
|pleine...
Et voilà qu'en levant son regard vers la plaine,
Elle aperçoit, non loin, un grand loup maigre, un
|vieux,
Mais qui, se sentant vu, comprend qu'elle se garde,
S'arrête, et, fixement, patte en l'air, — la regarde.
Tel, devant la perdrix surprise, un chien d'arrêt,
Sachant que le gibier va s'enfuir, se tient prêt,
Ce loup attend ; ses yeux, qui luisent comme braise,
Ont une fixité patiente et mauvaise...
— « Va-t-en, loup ! » mais le loup la regarde
|toujours.

— « Et l'enfant !... ma maison ouverte !... aucun
|secours !
Soit. Ayons de la force et surtout de la ruse... »

Un échalas, dont tous les jours l'enfant s'amuse,
Est là, pointu, fort, — droit contre le mur du puits...
D'un geste lent, très lent, elle s'en arme... puis,
Sans quitter de l'œil l'œil du fauve, elle recule,
En faisant face au loup... sournoise... prudemment...
Elle prépare et veut choisir le bon moment
Pour, d'un élan, rentrer dans la maison si proche !
... Est-ce fait ? non ! le loup, d'un bond, se rapproche,
Ayant bondi, l'a mise à deux pas... mais voilà
Le piquant du bâton m

Et rudement, clouer sa langue dans sa gorge !
La fillette se bat comme un petit Saint George,
Lorsque, voyant faiblir le courage du loup,
Elle prend le parti de s'enfuir tout à coup
Et de gagner tout droit sa maison au plus vite.
Elle sait bien qu'un loup, même en fureur, hésite
Aux abords du logis de l'homme... Elle court donc
Elle franchit les trois marches du seuil, d'un bond,
Entre, et, ne songeant plus qu'à l'enfant qui l'appelle,
Croit entendre, en jetant la porte derrière elle,
La clenche qui retombe au creux du mentonnet.

Trop longtemps seul, l'enfant pleurait et s'étonnait ;
Elle le prend au bras, le console, l'exhorte,
Puis songe à s'assurer du loquet, — quand la porte
S'entrebaille, et lui fait voir le loup, à deux pas,
Qui guette, et voudrait bien entrer mais n'ose pas !...
« Où mettre l'enfant hors des atteintes du fauve, »
« Car c'est l'enfant qu'il faut, avant tout, qu'elle
|sauve ?
« Où l'enfermer ?... »
« Où ?... dans la huche !

En un moment,
Elle se trouve, et sans même savoir comment,
Debout sur l'escabelle ; et, de là, comme en rêve,
Tenant à bout de bras l'enfant, elle l'élève
Jusqu'au bord de l'étroit portail juste assez grand.

— « Entre vite ! » dit-elle ; et, joyeux, il comprend :
Un loup, ça ne sait pas grimper à la muraille !

Il était temps ! Voici que la porte qui baille
S'ouvre... et le loup s'élance... il entre, il veut manger

Monsieur Guill
Rue Paris

Marie Aufour fille naturelle de Thérèse
femme de Jean Gay, âgée de 27 ans, Mordue par un
loup dans la journée du 17 Juillet 1878 à trois heures
de l'après midi, est entrée à l'hôpital d'Argenton le
18 Juillet au soir.
        Déchirures multiples au visage, fractures des
os du nez blessure profonde à l'angle du nez du côté
gauche allant jusque dans le sinus, lèvre supérieure
complètement coupée (Bec de lièvre) coupure de la lèvre
inférieure, perte de substance au niveau de l'os de la
pommette droite.

Ce sont souvent
des enfants
qui gardent
les troupeaux
isolés. Et quand
passe un loup
affamé...

Les personnes
attaquées par des
loups enragés sont
fréquemment
très grièvement
blessées. Ce qui
impressionne
fortement leur
entourage.

LE PÈRE ADAM.

Le loup et l'agneau.

LOUPS.

Il y a en Amérique diverses sortes de loups : celui qu'on appel
cervier vient pendant la nuit aboyer autour des habitations. Il ne hur
jamais qu'une fois au même lieu ; sa rapidité est si grande, qu'en moi
de quelques minutes on entend sa voix à une distance prodigieuse
l'endroit où il a poussé son premier cri.

Chiens de berger.

Le chien de berger ressemble au
loup ; il rappelle le chien sauvage par
ses formes rudes et son poil grossier.
Il n'est pas beau, mais combien utile !
Sans lui, l'homme chargé de la garde
des troupeaux ne parviendrait pas à
guider ses bêtes, à ramener celles qui
s'éloignent, à les empêcher de ravager
les cultures. Il ne pourrait non plus les
défendre efficacement contre les loups.

*Pour les loups,
les troupeaux
mal gardés sont
des proies bien
tentantes...*

NOTES

*La peur des loups trouve son origine dans
des événements dramatiques, qui frappent
l'imagination, mais qui sont rares : des
circonstances exceptionnelles — animaux
affamés ou enragés — semblent nécessaires.*

(Le Loup.)

J'ai à peine le temps de parcourir ces histoires assez effrayantes que nous voilà déjà arrivés à Manaton, au cœur de la lande du Dartmoor.

« Mademoiselle, pouvez-vous enfin me dire ce qui… »

Soudain, des villageois entourent notre véhicule, affolés. Au milieu des cris, je saisis les mots « sang », « lande », « malheur ».

Je me retourne vers Violet et la voit pâlir.

La Bête a encore frappé…, murmure-t-elle.

Le petit bourg de Manaton, blotti au cœur des landes du Dartmoor.

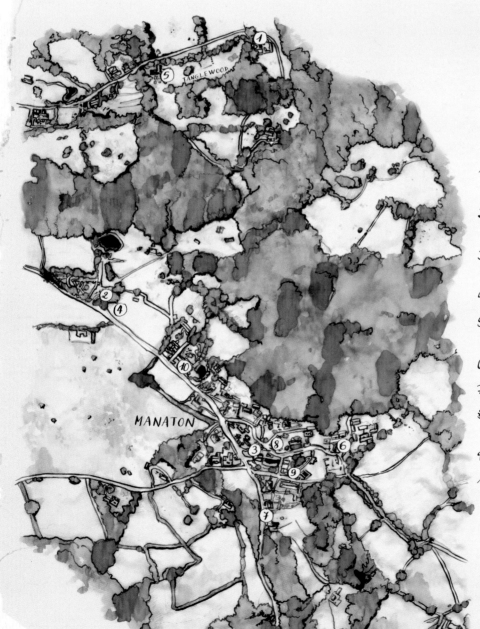

MANATON

1. Le cabinet de la vétérinaire
2. Manaton Hall (le manoir)
3. La taverne "Squire Cabell"
4. Le camp des gitans
5. L'église du révérend Landgrave
6. Le poste de police
7. La boutique d'antiquités
8. L'épicerie de miss Poodle
9. Le poste de télégraphe
10. L'hôtel "Devil's foot"

CHAPITRE 3

UNE ÉTRANGE DISPARITION

La canne au pommeau d'argent du professeur Nicholson, reconnaissable entre toutes.

Le policeman

Plus question d'utiliser la voiture de la vétérinaire. Nous voici maintenant à pied, sur les chemins humides et boueux de la lande, en faisant attention à chaque pas de ne pas nous tordre la cheville entre deux touffes de molinies. Mais pas le temps de traîner, je sens bien que « la partie a commencé », comme disait régulièrement le professeur dans ses cours quand il nous exposait le moment précis où une affaire grave débutait.

Violet ne semble pas vraiment gênée dans sa marche, et elle a vite fait de me distancer. Quand j'arrive enfin, essoufflé, dans le creux de lande où tout le monde s'est regroupé, elle est déjà en grande discussion avec les policemen présents, qui tentent de la calmer.

Je comprends vite la raison de son inquiétude : des traces de sang s'étalent sur les herbes couchées et surtout, juste à côté, la canne au pommeau d'argent du professeur.

Tout le monde parle en même temps, et les policemen semblent un peu dépassés par les événements.

« On s'est battu ici.

– Quelqu'un s'est fait attaquer, plutôt.

– En tout cas, il y a eu au moins un blessé.

– Et si c'était la Bête ? »

Un grand silence s'installe, tout le monde baisse soudainement les yeux. Seule Violet, le regard soucieux, fixe la canne, puis le sang sur l'herbe. Elle finit par se tourner vers moi : « Je crains que le professeur ne se soit fait assassiner. »

Aussitôt, les exclamations fusent de nouveau en tous sens.

Trop de bruit et de fureur pour moi. Voyons, que disait le professeur dans ses cours, justement ? Dans une situation pareille, du calme, de l'observation et de l'analyse ensuite.

Imaginons que Nicholson arrivait du village, il venait donc de par là. Il est sans doute passé à côté de ce grand rocher et... Tiens, tiens, des cendres de cigare. N'est-ce point le professeur qui en a toujours un au coin des lèvres ? Il y a bien ici l'équivalent en cendres d'un demi-cigare. Il est donc resté ici un bon quart d'heure. Qu'attendait-il donc ? Ou plutôt : qui attendait-il ?

J'en suis là dans mes pensées quand miss Shelley me rejoint.

« Je suis vraiment inquiète, tout correspond avec les circonstances de la disparition de John.

– John ? Vous appelez le professeur par son prénom ? »

Je jurerais qu'à ces mots Violet rougit. Mais elle se reprend très vite :

« John M. Nicholson est arrivé ici il y a une quinzaine de jours. J'ai fait sa connaissance le lendemain de son arrivée : il est venu à mon cabinet pour que je l'aide à analyser des échantillons de poils.

– De poils ?

– Oui. Il n'a pas voulu m'en dire plus, et j'ai oublié cette histoire jusqu'à ce qu'il revienne me voir pour me confier les dossiers et le livre de Conan Doyle. Il m'a demandé de vous adresser ce dernier s'il lui arrivait quelque chose. Et voilà maintenant ce sang, ces traces de lutte...

– Retournons sur place voir ce qu'en disent les policemen.

– Vous avez fait tomber votre étui à cigares.

– Mon étui ? Ah oui, merci. »

Le plus naturellement du monde, je ramasse l'objet qui ne m'appartient pas mais que je reconnais parfaitement : l'étui en cuir du professeur.

Les cendres du cigare du professeur, soigneusement prélevées.

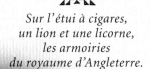

Sur l'étui à cigares, un lion et une licorne, les armoiries du royaume d'Angleterre.

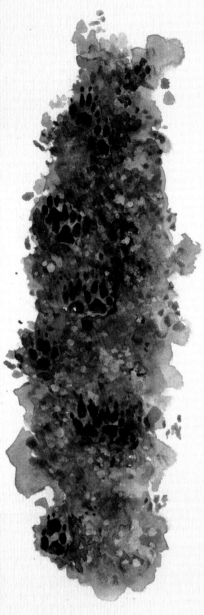

Pendant que j'explorais les alentours, les policemen n'ont pas si mal travaillé. Ils ont identifié dans la boue les traces de deux hommes distincts, mais aussi plusieurs empreintes de pattes, énormes et griffues ! Ils en réalisent soigneusement un moulage – bien joué, les gars, Scotland Yard n'aurait pas fait mieux – tandis que je réfléchis à voix haute :

« Il y a donc bien une Bête dans le Dartmoor.

– Oui, mais n'allez pas imaginer un lion ou une panthère échappée d'un zoo, me glisse Violet.

– Ah oui, et pourquoi donc ?

– Parce que, monsieur le spécialiste, d'après ces traces de griffes, il ne peut s'agir d'un félin. »

Un peu mortifié, je révise à toute allure mes connaissances naturalistes pour tenter de reprendre la main :

« Bien sûr, les félins ont des griffes rétractiles. Alors à quoi pensez-vous ?

– Je ne sais pas trop. Un gros chien. Ou un loup de taille peu commune. Mais c'est impossible.

– Pourquoi donc ?

– Parce que les loups ont totalement disparu d'Angleterre depuis 400 ans, on ne vous apprend pas ça dans vos écoles ? »

Aquarelle réalisée sur le terrain : 4 pelotes digitales bien marquées, accompagnées de leur griffe, ainsi qu'une pelote plantaire triangulaire.

Elle est vraiment charmante quand elle s'énerve…

« Excusez-moi, cette histoire me trouble plus que de raison, ajoute-t-elle. Nous n'avons plus rien à faire ici, et de toute façon, nous gênons les policemen plus qu'autre chose. Puis-je vous raccompagner au village ?

– Avec plaisir. D'autant plus qu'après cette arrivée en fanfare, j'aimerais bien découvrir un peu le pays.

– Alors nous allons passer par le bas de la combe. »

En ce début de printemps, cette lande morne, encore peu colorée, a un effet apaisant indéniable.

« Vous voyez ce manoir, tout là-haut ?

– Oui, belle bâtisse.

– Elle a un nouveau propriétaire depuis quelques semaines. On raconte dans le pays que c'est un Hongrois, le comte Bela Farkas, qui l'a rachetée aux enchères pour une bouchée de pain à un gentleman farmer local, obligé de vendre. Personne ne sait ce qu'il est venu faire là.

– Eh bien, les gens du coin ne doivent pas le porter dans leur cœur.

– Effectivement. Mais ce n'est rien à côté de ce qu'ils racontent sur ces pauvres gitans, qui se sont installés là en même temps que le comte. »

Au détour d'une colline, en effet, un camp de six ou sept roulottes se découvre à nous. Quelques hommes tissent des paniers, pendant que des femmes préparent le repas. Il y a aussi trois ou quatre enfants. Mais l'atmosphère de cette fin d'après-midi semble tout sauf sereine : au fur et à mesure que nous approchons du camp, je sens une tension monter…

Le policeman reste sur place pour finir de relever les indices.

Le camp des gitans ressemble à un petit village itinérant.

Au vu de leurs visages et de leurs vêtements, les gitans semblent être originaires d'Europe de l'est.

Les hommes se lèvent et nous regardent, l'œil mauvais. Les femmes ont appelé les enfants, qui se réfugient craintivement contre elles.

« Gardons notre calme, chère amie, et passons aussi tranquillement que possible.

– Oh, mais je n'ai pas peur d'eux. Je comprends même leur hostilité : les villageois commencent à dire que leur arrivée coïncide avec le retour des attaques de troupeaux. Et avec ce qui vient d'arriver, cela ne va pas s'arranger. On m'a raconté que l'épicière a refusé de servir l'une de ces femmes venue lui acheter quelques légumes.

– Attendez. Vous venez de dire " le retour " des attaques. Ce n'est donc pas la première fois que cela arrive ?

– Absolument pas. Toute la région du Devon regorge de ces histoires de chiens mystérieux et d'attaques horribles sur des troupeaux ou des humains. Et cela depuis des siècles. Tenez, lisez donc le dossier du professeur. »

Tandis que l'on s'éloigne du camp des gitans, j'ouvre la sacoche de Nicholson et commence à lire.

N.º 2

Les « chiens noirs »

Timber Titans. (See page 190.)
(See page 132.) Royal Menus.
10 CENTS.
$1·25 a year.
Trade Trophies. (See page 208.)
(See page 169.) Curious Masks.

THE STRAND

VOL. XV.

EDITED By Geo: Newnes OFFICES

No. 86 VOL 15

NEW YORK: THE
Toronto: THE
Montreal: THE MONTREA

THE HOUND OF THE BASKE
(See page 128.)

Le Chien des Baskerville, le roman de Conan Doyle, a repris des histoires locales de toute l'Angleterre autour de grands chiens noirs mystérieux et dangereux.

Sir Arthur Conan Doyle

HEY TOR, DARTMOOR

Photochrom Co., Ltd.

Le *black dog* aussi appelé *shuck* est un des chiens noirs les plus connus des légendes anglaises, avec sa tête de dogue aux yeux rouges jetant des étincelles. Ce chien spectral serait souvent aperçu les soirs d'orage.

SUR LES PAS DU DIABLE

En février 1855, près d'Exeter, des habitants découvrent, stupéfaits, des traces énormes en forme de fer à cheval dans la neige. Les pistes dessinées par les empreintes suivent des lignes droites qui traversent les rivières et passent sur les toits des maisons, finissant par se perdre dans les forêts. Les villageois pensent que ce sont les traces du diable. Sans doute s'agissait-il plus vraisemblablement d'un gros chat.

SCALE of FEET.

La célèbre taverne Black Dog Inn de Witheridge, dans le Devon.

GREETINGS FROM

ST. JOHN BAPTIST CHURCH

OLD BLACK DOG INN

THE SQUARE

WITHERIDGE

WEE 24   FORE STREET   TRAFALGAR SQUARE

LE CHIEN DE « BOULEY » DE L'ÎLE DE JERSEY

Ce chien géant aux yeux immenses hante les falaises du nord-est de l'île, en particulier la baie de Bouley. Parfois décrit traînant une grande chaîne attachée à son collier, il terrorise et paralyse les populations locales. Mais on dit aussi qu'il s'agirait d'une légende inventée par les trafiquants d'eau-de-vie pour éloigner les curieux…

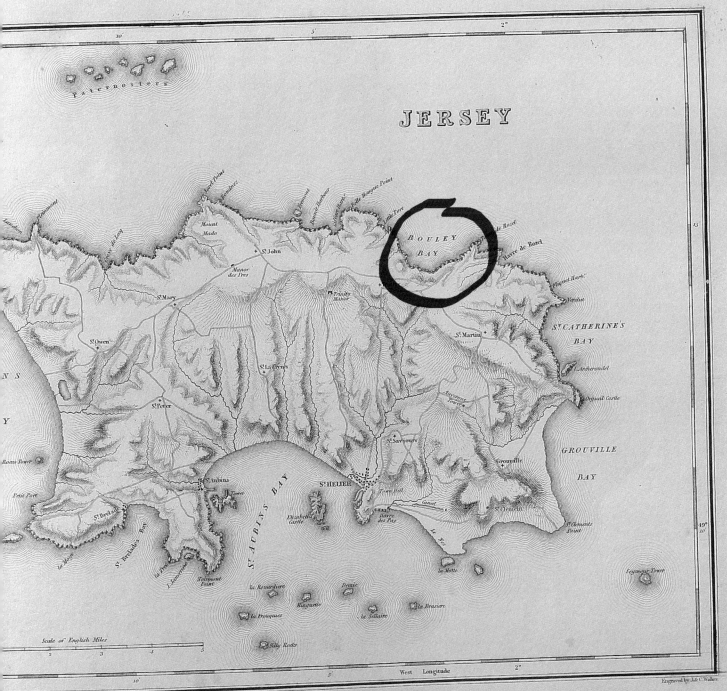

LE CHIEN DE BUNGAY

« Je vis un objet noir à environ soixante-dix mètres, et qui venait vers moi. [...] Comme il s'approchait, je pus voir que c'était un grand chien noir, trottant du côté de la route où je me trouvais. [...] Quand le chien fut à moins de dix mètres, je pus distinguer sa toison épaisse et noire. [...] Je me déplaçai vers le milieu de la route pour le laisser passer ; lorsqu'il parvint à ma hauteur, il disparut.[...] Alors une peur soudaine s'empara de moi, et je rentrai fort rapidement chez moi. »

Ernest Whiteland, habitant du Suffolk (est)

A straunge.

and terrible Wunder wrought very late in the parish Church of Bongay, a Town of no great distance from the citie of Norwich, namely the fourth of this August, in ý yeare of our Lord 1577. in a great tempest of violent raine, lightning and thunder, the like wherof hath been sel= dome seene.

With the appearance of an horrible shapped thing, sensibly perceiued of the people then and there assembled.

Drawen into a plain method ac= cording to the written coppe. by Abraham Fleming.

L'histoire de Bungay ressemble à des dizaines d'autres, des Cornouailles à l'Écosse.

Le récit d'Abraham Fleming contant l'histoire de la bête de Bungay.

ST. MARY'S CHURCH, BUNGAY.

POST CARD.

THE ADDRESS ONLY MAY BE WRITTEN HERE.

THIS SPACE MAY BE USED FOR CORRESPONDENCE FOR INLAND POSTAGE ONLY.

Depuis 1577, on peut voir des traces de griffes sur la porte de l'église de Blythburg, proche de Bungay.

« Effectivement, c'est très impressionnant. Apparemment, ce pays rassemble toutes les histoires des bêtes sauvages les plus monstrueuses que la Terre ait jamais portées.

– Ne riez pas, nombre de ces drames n'ont jamais vraiment été résolus.

– Chère amie, vous n'allez pas me dire que vous, esprit scientifique et cartésien, vous croyez à toutes ces fables ?

– Non, bien sûr… Il n'empêche : ces histoires ont marqué profondément la région. Regardez ne serait-ce qu'au clocher de l'église. »

La girouette de l'église de Manaton.

Sur l'indication de Violet, je remarque alors une girouette ornée d'un gros animal sombre.

« C'est un chien noir, galopant sur un éclair. Je ne sais si c'est par superstition ou par goût, mais cet animal est devenu l'emblème du village. Justement, voici le révérend Landgrave.

– Le révérend du village ?

– Oui, c'est un ami du célèbre révérend Barring Gould de Lewtrenchard Manor, au cœur de la lande. C'est un spécialiste des légendes autour des chiens noirs et des bêtes fantômes. Peut-être lui saura-t-il vous expliquer l'ambiance qui règne ici. »

L'homme me paraît excité, avançant vers nous à grands pas et agitant les bras en tous sens. Alors que nous le croisons et que Violet s'apprête à l'interpeller, il passe près de nous sans sembler nous voir. À peine avons-nous le temps de l'entendre marmonner « La Bête du diable est revenue, la Bête du diable est revenue… » et le voilà disparu.

« Drôle de bonhomme.

– Vous avez entendu ce qu'il a dit ? »

Violet a encore blêmi. Cela commence à devenir une habitude.

Le révérend du village semble bien agité.

CHAPITRE 4

TROUBLE
CHEZ L'ANTIQUAIRE

La garde-chasse

C ette nuit, j'ai dormi comme un bienheureux. Aucun rêve de chien noir n'est venu troubler mon sommeil. La chambre de l'hôtel où je suis – le *Devil's Foot* – est modeste mais propre. J'aperçois le manoir du comte, au loin par la fenêtre.

Un bon petit breakfast là-dessus et je serai parfaitement d'attaque pour commencer ma propre enquête. D'abord, ce n'est pas par hasard que le professeur m'a « demandé » de venir ici, ensuite cette ambiance générale de peur et de superstition commence sérieusement à m'intriguer. Donc du calme.

Le patron de l'auberge tourne en rond dans la salle de restauration. J'ai l'impression d'être son seul client du jour.

« Dites-moi, mon brave, vous connaissiez le professeur, celui qui a disparu ?

– Ben, pas vraiment, si ce n'est que comme vous, c'était mon client. Tiens, d'ailleurs, il avait la même chambre que vous… Mais je vous rassure, on a bien tout rangé avant votre arrivée.

– À ce propos, où sont passés les bagages du professeur ?

– Les policemen sont passés les récupérer hier en fin d'après-midi. Il n'y avait pas grand-chose, une malle de voyage et une sacoche, ils ne sont pas restés plus de cinq minutes. »

Je retourne rapidement dans ma chambre. Et si les policemen avaient fouillé trop rapidement ? Je sens que cela vaut la peine de tout passer au peigne fin. Gagné ! En enlevant le tiroir de la petite table de nuit, je tombe sur un papier bien plié. Il semble avoir été comme caché juste derrière.

Mieux encore : je reconnais l'écriture nerveuse du professeur. Ce ne sont pourtant que des alignements de chiffres. Des horaires ? Des coordonnées de terrain ? Des dates d'événements ? Un code secret ? J'y réfléchirai plus tard. Je vais d'abord faire quelques repérages dans le village.

Les étranges alignements de chiffres du professeur Nicholson. C'est un code, mais lequel ?

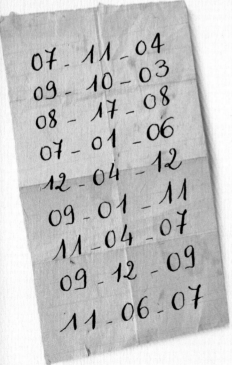

07 - 11 - 04
09 - 10 - 03
08 - 17 - 08
07 - 01 - 06
12 - 04 - 12
09 - 01 - 11
11 - 04 - 07
09 - 12 - 09
11 - 06 - 07

Manaton n'est pas bien grand, on y trouve cependant tous les services et les commerces d'une petite ville. Tiens, il y a même un antiquaire.

Alors que je m'apprête à entrer dans la boutique, je manque de me prendre la porte dans le nez : une furie jaillit et part à grands pas sans même me remarquer.

Dans sa fougue, elle ne réalise pas qu'elle a laissé tomber un petit objet brillant : une médaille de Saint-Hubert, un insigne militaire de l'Empire austro-hongrois, si ma mémoire est bonne. Hop ! dans la poche.

« Eh bien, cette dame n'a pas l'air vraiment ravie… Vous avez refusé de lui acheter des bijoux de famille, ou bien vous n'avez pas voulu lui vendre le petit bronze dont elle rêvait ?

– Bonjour major Kinks.

– Vous me connaissez ?

– Vous savez, le pays n'est pas grand, les nouvelles vont vite. Et je sais que vous êtes l'ami du professeur Nicholson. À ce titre, je vous souhaite la bienvenue chez moi, major.

– Merci. Mais dites-moi, qui était donc cette dame ?

– C'est frälein Viktoria Hammer, la garde-chasse du comte. D'habitude, elle est seulement un peu taciturne, pas très causante en tout cas. Mais là, effectivement, elle était bien agitée. »

La médaille de Saint-Hubert perdue par la garde-chasse du comte.

Dans la boutique de l'antiquaire : bien des trésors anciens…

Pièce de monnaie romaine représentant Rémus et Romulus tétant la louve.

L'antiquaire semble s'habiller avec une partie de ce qu'il vend.

« Je n'ai rien compris à ce qu'elle me demandait. Elle est venue plusieurs fois déjà, faire des achats pour le comte Bela Farkas. Toujours des pièces magnifiques, en rapport avec la chasse ou les bêtes sauvages. Monsieur le comte est sans aucun doute un amateur éclairé. Mais aujourd'hui, elle venait avec un vieux parchemin en morceaux, et il m'a semblé comprendre qu'elle cherchait une pièce manquante. Mais je ne l'avais jamais vu, moi, ce papier, comment aurais-je pu l'aider ?

– Il racontait quoi, ce parchemin ?

– J'ai à peine eu le temps de l'examiner. Il m'a semblé reconnaître du vieil allemand, et j'ai juste pu saisir les mots *Wolf* et *Krieger*.

– " Loup " et " guerrier ", tiens, tiens…

– Oui, c'est bien ça. Et quand j'ai commencé à vouloir le regarder de plus près, elle s'est énervée. Je n'ai pas pu l'aider, mais je sais bien pourquoi elle venait me voir : sans me vanter, je suis sans doute le plus grand spécialiste de toute l'Angleterre des objets porteurs de mythologie et de légendes sur la faune sauvage. Tenez, regardez cette magnifique pièce de monnaie argentée que je viens d'acquérir : en effet, elle provient des fouilles de Pompéi, au sud de l'Italie, et je pense que l'animal représenté est la louve romaine, celle qui sauva Rémus et Romulus en les allaitant. »

Le récit de l'antiquaire me fait penser à quelque chose… Mais oui, le dossier numéro 3 du professeur ! Je le sors aussitôt de la sacoche – elle ne me quitte plus désormais – et entame sa lecture en compagnie de mon hôte.

N° 685   ❧ Dimanche 16 Janvier 1910 ❧   Prix : 15ᶜ

Journal des Voyages

JOURNAL HEBDOMADAIRE   ❧   ...et des Aventures de Terre et de Mer
146, Rue Montmartre, PARIS (2ᵉ)

LES FÊTES DU VIEUX PÉROU
✦ ✦ ✦

La Danse du Loup

Des prêtres portant comme un casque étrange la partie inférieure d'une tête de loup, tournaient en dansant, tantôt effleurant le brasier
dans leurs évolutions circulaires, tantôt s'en éloignant comme si la crainte les chassait.

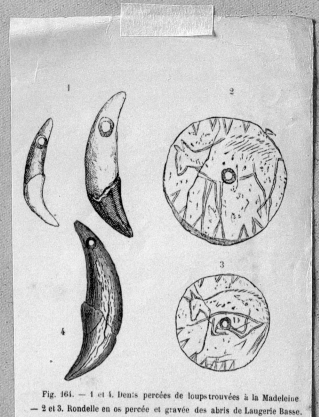

Fig. 164. — 1 et 4. Denis percées de loups trouvées à la Madeleine. — 2 et 3. Rondelle en os percée et gravée des abris de Laugerie Basse.

ROMA CAPVT MVNDI

Rémus et Romulus, les jumeaux qui fondèrent la ville de Rome, furent abandonnés à la naissance dans les eaux d'un fleuve. Ils furent sauvés et allaités par une louve.

Les démons indiens sont représentés ici avec une tête de loup.

LE DIEU MARS

Mars était un des plus puissants dieux dans la Rome antique, celui de la guerre et de l'agriculture. Il était souvent représenté comme un grand guerrier sur un char tiré par des loups, mais aussi sous la forme d'un loup. Hasard ou pas, il était le père de Rémus et Romulus.

Râmâyana, poème épique indien : le combat final. Aidés par le dieu-singe Hanumán, Râma et son frère recherchent dans la forêt la princesse Sitâ, enlevée par le démon Râvana.

UNION POSTALE UNIVERSELLE
EGYPTE
CARTE POSTALE

اتحاد البوسطة العام
مصر
تذكرة بوسته

L'adresse seule doit être écrite de ce côté. هذا الوجه يخرر العنوان فقط

A mon cher ami Nicholson Vous avez
raison, notre dieu Anubis serait
doté d'une tête de chacal, et non de
celle d'un simple chien sauvage.

Votre dévoué al-Aswani

L'ADIEU A LA MOMIE (tombeau de Hou-
nofir), d'après la nouvelle édition refondue
de l'*Archéologie égyptienne* du savant
G. Maspéro dont toute la vie a été, jusqu'à
ce jour, consacrée à l'antiquité égyptienne.

Anubis se rapprocherait plutôt de la symbolique
du chien protecteur. Ici gardien des morts, il rappelle
le chien Cerbère de la mythologie grecque, gardant
l'entrée des enfers.

Cernunnos, dieu de la mythologie celtique, apparaît comme le maître des animaux sauvages (dont les loups).

Le dieu-loup, Tezcatlipuca

Dieu suprême, il est représenté d'ordinaire sous les traits d'un jeune homme. Selon Bernardino de Sahagun, il aimait aussi à prendre l'aspect d'un loup terrifiant. Il offrait ainsi chez un peuple de l'Amérique un mythe analogue à celui de notre loup-garou. Ce coyote divin « se posait dans les carrefours, devant les voyageurs, comme pour leur barrer la route ».

Gengis Khan, né dans les steppes d'Asie centrale, fut un grand chef de guerre qui vécut entre le XIIe et le XIIIe siècle. Sa fougue, sa vaillance et son courage lui permirent de créer le plus vaste empire de tous les temps, l'Empire mongol.

Ses qualités seraient liées à se[s] origines. La légende rappor[te] qu'il avait pour ancêtres u[ne] biche fauve et un grand loup bleu, ce qui lui valut le surnom de « Loup bleu ».

NOTES

Il est intéressant de noter que dans tous les pays où le loup est présent, et à toutes les époques, l'animal a été « utilisé » comme symbole de force et de puissance. Son image était rarement négative, bien au contraire.

Ce masque de cérémonie provient des îles situées entre la Papouasie-Nouvelle-Guinée et l'Australie. On ne sait s'il représente un crocodile ou un loup.

« C'est absolument incroyable de voir que les histoires communes aux hommes et aux loups sont aussi vieilles que l'histoire de l'humanité, dit l'antiquaire en relevant la tête du dossier.

– Oui, comme si ces deux espèces " s'affrontaient " depuis des millénaires pour dominer la Terre.

– Sauf que bien souvent, les loups ont aidé les humains, alors que l'inverse a rarement été le cas.

– Pire encore : les hommes n'ont pas cessé de les pourchasser et de les persécuter.

– Et si le retour de la Bête était une sorte de vengeance des loups contre tout ce qu'on leur a fait subir depuis des millénaires ?

– Ah, parce que vous aussi, vous y croyez, à cette Bête ? »

L'antiquaire sourit, à peine gêné.

« Eh bien, disons plutôt que quelque chose me plaît dans cette histoire. »

Même face au drame,
la jeune vétérinaire
est vraiment
très séduisante.

Je resterais des heures à deviser symbolisme et mythologie avec cet érudit, mais j'aperçois Violet qui pointe son joli minois à l'entrée de la boutique. Elle porte sa mallette de vétérinaire et prend un air renfrogné en marchant vers moi.

« Enfin, vous voilà. Cela fait presque une heure que je vous cherche !

– Pourtant, Manaton n'est pas un lieu où l'on peut se perdre facilement. Vous filez pour une consultation d'urgence avec votre matériel ?

– L'heure n'est pas vraiment à rire : il y a eu une nouvelle attaque cette nuit.

– Encore des traces de sang dans les herbes ?

– Cette fois, c'est bien plus grave : il y a une victime sur la lande... »

Boucle de ceinture
et bougeoir
représentant
des loups.

CHAPITRE 5

MORT SUR LA LANDE

ous n'avons pas mis plus de dix minutes pour rejoindre les lieux du drame, la lande de Torhill, à moins d'un mile du village. Et il nous a fallu encore moins de temps pour comprendre toute l'horreur de la situation. De loin, les deux policemen se repéraient moins que le chemisier blanc allongé sur l'herbe jaune.

« Allongé » est un mot bien trop calme. Le corps de la jeune femme qui se trouve là semble comme désarticulé, cassé. Et surtout, la partie ensanglantée entre la tête et le corps ne ressemble plus vraiment à un cou…

Un léger frisson me traverse le dos, Violet vient de se rapprocher de moi.

« Je la reconnais, c'est une jeune servante qui travaillait dans la ferme à côté. Elle n'avait pas quinze ans.

– Bonjour messieurs, que s'est-il passé ?

– Vous êtes le major Kinks, c'est ça ? (Décidément, tout le monde me connaît dans le pays, même ce policeman.) Bon, je veux bien consentir à vous livrer ce que nous savons.

– Vous êtes bien aimable. Votre nom, je vous prie ?

De façon très professionnelle, Violet examine de près les blessures de la victime.

– Agent Flitch, au service de Sa Majesté. Apparemment, la victime est sortie de la ferme où elle travaillait hier au soir après la tombée de la nuit.

– Pas très prudent.

– Certes, mais il manquait une brebis au troupeau, et elle aura sans doute voulu la retrouver.

– Hélas, ce n'est pas vraiment sur une brebis qu'elle est tombée.

– Non, c'était un loup. »

Le corps de la jeune servante, le cou ensanglanté après l'attaque de la Bête.

La phrase de Violet fait sursauter tout le monde. Penchée sur le jeune corps déformé, elle a ouvert sa mallette, en a sorti une pince chirurgicale et examine les blessures profondes avec la froideur d'une technicienne.

« C'était même un loup d'une taille exceptionnelle, au vu de l'écartement des trous laissés par les dents.

– Mais c'est impossible, reprend Flitch, les loups ont disparu…

– Depuis au moins 400 ans d'Angleterre, on sait, on sait, lâche Violet. Il n'empêche : taille de la mâchoire, traces des crocs, déchirure de tissus par les incisives, tout concorde. Un loup phénoménal a attaqué cette pauvre enfant.

– Euh… si vous le dites… bredouille Flitch, qui fait visiblement un effort sur lui-même pour supporter ce spectacle désolant.

– La seule explication plausible à cette attaque sauvage, c'est que l'animal devait être atteint de la rage.

– La rage ? Vous voulez dire qu'il était enragé ?

– Oui, aux deux sens du terme : atteint par le virus, et du coup, parce que son cerveau est touché, entrant dans une folie et une fureur incontrôlables. Le seul moyen de le vérifier, c'est ça. »

Violet attrape un tube dans son sac, et y dépose quelques parcelles de sang coagulé à l'aide d'une pipette. « Vite, au labo ! »

Un échantillon de sang de la malheureuse victime.

*Fœtus de loup
dans du formol.*

▼▼▼

▲▲▲

*Dans le laboratoire
de Violet.*

Cinq minutes plus tard, nous voici dans le laboratoire vétérinaire de Violet. C'est un vrai cabinet de curiosités.

« Ainsi, c'est ici que vous travaillez ?

– Oui, et d'ailleurs, ne restez pas là sans rien faire, attrapez-moi ces deux fioles et cette lampe, là-haut sur l'étagère. »

Quelques longues minutes s'écoulent tandis que Violet examine ses échantillons.

« Vous cherchez des virus dans le sang de la victime ?

– Mais non enfin, c'est dans la salive de l'animal que je peux les trouver !

– Ah oui. Vous espérez isoler des traces de cette salive dans le sang de la victime et pouvoir les envoyer à analyser. »

Violet relève la tête, surprise. Eh oui, les officiers peuvent avoir des connaissances scientifiques, eux aussi…

« Hélas, il y a peu d'espoir d'avoir suffisamment de salive.

– C'est rageant, si j'ose dire…

– Cessez votre humour déplacé. C'est énervant, oui, car la rage aurait expliqué bien des choses et rendu les événements rationnels au moins. Tenez, lisez donc le dossier numéro 4, le professeur l'avait consacré à ce sujet. »

2. Pasteur. — Pasteur est le savant le plus populaire de notre temps. L'agriculture lui doit le remède qui a fait disparaître la maladie des vers à soie, et le vaccin qui a préservé les animaux de la maladie du *charbon*.

L'humanité lui doit la découverte du vaccin de la rage, cette terrible maladie qui, avant lui, était incurable.

3. L'Institut Pasteur. — Les élèves de Pasteur appliquent ses méthodes dans un établissement qui porte le nom d'*Institut Pasteur*. L'un d'eux, le docteur Roux, a trouvé le remède du croup; il cherche, avec l'espoir du succès, le remède à d'autres fléaux de l'humanité, la peste, le choléra, la tuberculose.

Tableau de revision n° 19. — LA CIVILISATION CONTEMPORAINE. 109

1. Un grand savant : Pasteur, 1822-1895.

4. L'Institut Pasteur : la guérison de la rage.

Pasteur dans son laboratoire. (Tableau de Edelfelt.)

Pasteur   13

Dans bien des pays d'Afrique et du Moyen-Orient, la rage fait de nombreux ravages. Elle est le plus souvent transmise par une morsure (de chien, de chat…). C'est la bave de l'animal qui inocule le microbe dans la plaie. Le chien enragé sème alors l'épouvante et la contagion sur son passage. On ne connaît aucun traitement curatif. Pour l'homme, faire saigner la morsure, laver à grande eau et la cautériser avec le fer rouge.

RAGE, n. f. (lat rabiès). MÉD. Maladie infectieuse virale transmise à l'homme par la morsure de certains animaux, caractérisée par une inflammation des enveloppes du cerveau, et mortelle sans traitement.

LABORATOIRE
de Chimie et ...
APPLIQ...

Téléphone : 07.43
30, Rue de Metz (angle...

E. TAV...
DE LA FACULTÉ DE...
Pharmacien-Chimiste Diplômé de 1re Cla...
Ex-Préparateur aux Laboratoires de...
Ex-Élève de...

ANALYSES BIOLOGI...
ET ...

ANALYS...

Monsieur LABBE...

16 aout ...

Le ...

echerche des hé...

égative sur é...

ro-diagnostic ...

sur le Bacille typhi...
sur le Bacille para...
sur le Bacille par...
sur le Micrococc...
sur le Paramelit...
sur le Proteus ...

BO...ICH, IMPRIMEUR, TUNIS

Maison Fondée en 1851

Ph. GOUTALLIÉ, Industriel
VILLEFRANCHE (Rhône)

Produits Pharmaceutiques

TÉLÉPHONE : 1.04

VILLEFRANCHE, le 9 octobre 1886

Monsieur Émile Gourlaud   Pharmacie

à Louis Pasteur

Cher maître, le vaccin contre la rage fourni par votre institut est vraiment extraordinaire. Je l'ai utilisé sur un jeune garçon qui avait été mordu par un chien enragé deux jours avant et que sa famille pensait condamné à une mort atroce. Un mois après, l'enfant se porte à merveille et

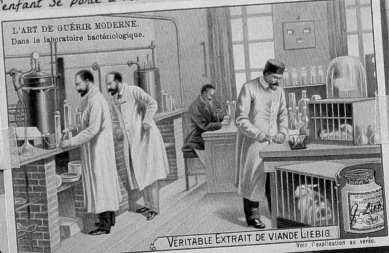

L'ART DE GUÉRIR MODERNE.
Dans le laboratoire bactériologique.

VÉRITABLE EXTRAIT DE VIANDE LIEBIG.
Voir l'explication au verso.

Moyen de se préserver de la rage.

— C'est un vétérinaire émérite de Paris, M. Bourrel, qui l'a trouvé à la suite d'observations nombreuses et d'expériences que nous qualifierons d'audacieuses. M. Bourrel s'est inspiré de ce fait que la morsure des herbivores enragés est bien moins dangereuse au point de vue de l'inoculation que celle des carnivores. Pourquoi ? Parce que les dents à couronnes plates des herbivores écrasent et meurtrissent les tissus, sans y pénétrer, tandis que les dents pointues des carnivores y produisent de véritables piqûres qui font jaillir le sang. M. Bourrel a pris trois chiens atteints de rage, et il a pratiqué, sur ces sujets dangereux, l'opération de l'émousse-ment des dents. Cela fait, six chiens d'expérience ont été livrés aux trois enragés qui les ont mordus avec fureur, mais sans que la peau soit entamée. M. Bourrel, non content de cette première observation, a osé livrer sa main revêtue d'un gant à l'un des chiens enragés dont il vient d'être ques-tion. Lorsque la bête lâcha prise le gant était intact, la morsure n'avait produit qu'une forte pression. Il suffirait donc d'émousser les dents des chiens pour être à l'abri des terribles dangers de la rage. Mais n'est-ce pas une opération barbare que celle qui consiste à entamer par le ciseau et par la lime les belles mâchoires des chiens de prix ?

Avant Pasteur, les idées de remèdes étaient plus qu'étranges.

« Eh bien, on peut dire que ce Louis Pasteur fut un bienfaiteur de l'humanité.

– J'ai eu la chance d'assister à l'une de ses conférences peu de temps avant sa mort, en 1895. J'étais alors toute jeune étudiante, et c'est depuis ce temps que les loups me passionnent. D'ailleurs…

– D'ailleurs quoi ? »

Violet sort de la pièce et revient triomphante deux minutes plus tard, portant un grand carton.

« Je savais bien que je l'avais gardé. »

Dans le carton se trouve… un crâne de loup ! Entier, impressionnant, à peine jauni.

« Mais d'où sortez-vous une chose pareille ?

– C'est une longue histoire, et je ne suis pas sûre d'avoir envie de vous la raconter. Mais qu'importe, je vais pouvoir vous expliquer pourquoi j'ai pensé à un loup en voyant les morsures sur la victime. Tenez, prenez cette craie et dessinez sur le tableau. »

Je me croirais revenu à mes études en criminologie.

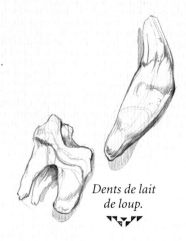

Dents de lait de loup.

L'arrière-salle du cabinet de la jeune vétérinaire est en fait un véritable cabinet de curiosités.

Crâne de loup français

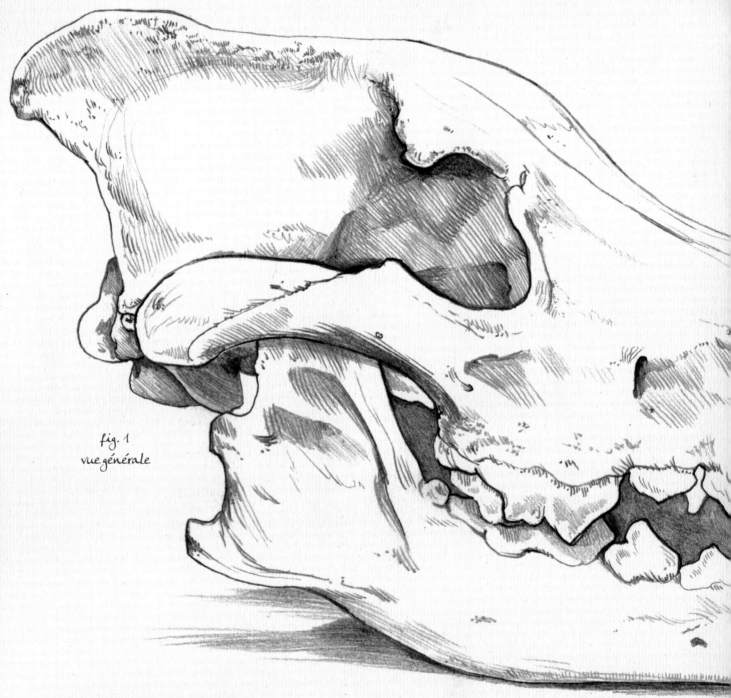

fig. 1
vue générale

Dentition (fig. 2) :
  a. Petites incisives préhensiles
  b. Longues canines pointues
  c. Prémolaires broyeuses
  d. Molaires carnassières tranchantes
  e. Molaires briseuses d'os

« Chien et loup appartiennent au même genre *Canis*. Mais ce sont deux espèces différentes, *Canis canis* pour le chien, et *Canis lupus* pour le loup.

– Ce sont donc des cousins.

– En quelque sorte. Une de leurs différences importantes est justement la denture, celle du loup étant… Ça ne va pas.

– Qu'est-ce qui ne va pas ?

– D'après les traces de morsure, c'est un loup, et ce n'est pas un loup… »

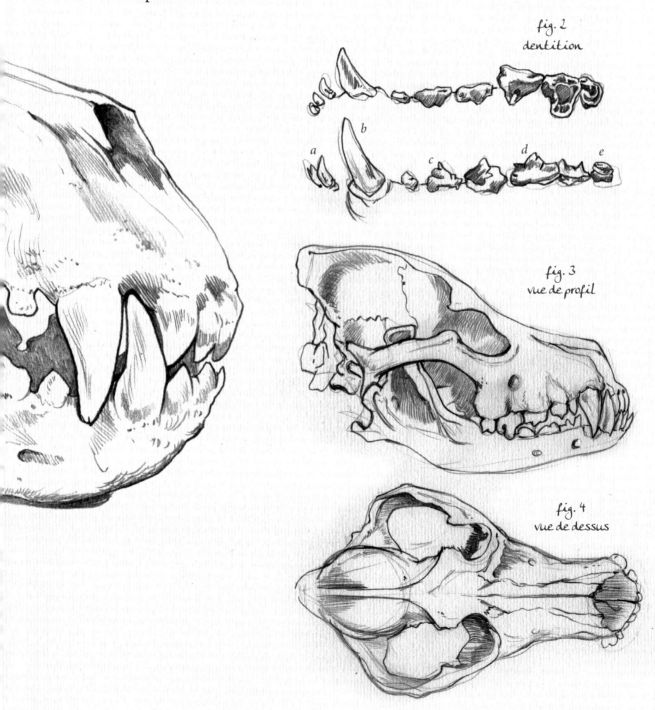

fig. 2
dentition

fig. 3
vue de profil

fig. 4
vue de dessus

CHAPITRE 6

ÉMEUTE
À LA TAVERNE

L'enseigne de la taverne du village : Squire Cabell, un personnage ayant inspiré Conan Doyle pour son Chien des Baskerville.

Quoi de mieux qu'une bonne pinte pour se remettre de ses émotions ? C'est en tout cas ce que je propose à Violet. Encore perdue dans ses pensées sombres, elle me suit jusqu'à la taverne du village.

Dans la petite salle, seul un groupe de chasseurs est présent, discutant vivement. Nous nous installons à l'extrémité de la table, le plus à l'écart possible.

« Tous ces événements me remuent plus que je ne le voudrais, soupire Violet.

– Pourquoi donc ? Seriez-vous touchée directement ? Avez-vous senti des menaces pesant sur vous ?

– Non, pas du tout. Mais je crois que cela réveille de vieilles histoires.

– Racontez-moi, j'adore les histoires.

– En fait, je suis née dans ce pays. Et j'ai de nombreux souvenirs des légendes que l'on me racontait petite. Pas les plus effrayantes, mais à chaque fois qu'on me lisait un conte ou un récit, comme par hasard, il y avait un loup.

– Ah oui, j'imagine bien : *Le Petit Chaperon rouge*, *Le Livre de la jungle*…

– Oui, entre autres. Vous savez, c'est étonnant comme la littérature enfantine regorge de personnages de loups. Prenez la sacoche du professeur, il avait aussi travaillé sur ce thème. »

Violet conserve avec elle un carnet évoquant de très nombreux contes pour enfants avec des loups comme personnages.

Le loup dans les contes

Arthur Rackham 1902

'Guten Tag, Rothkäppchen,' sprach er. 'Schönen Dank, Wolf.' 'Wo hinaus so früh, Rothkäppchen?' 'Zur Großmutter.' Was trägst du unter der Schürze?' 'Kuchen und Wein, gestern haben wir gebacken, da soll sich die kranke schwache Großmutter etwas zu gut thun und sich damit stärken.' 'Rothkäppchen, wo wohnt deine Großmutter?' 'Noch eine gute Viertelstunde weiter im Wald, unter den drei großen Eichbäumen, da steht ihr Haus, unten sind die Nußhecken, das wirst du ja wissen' sagte Rothkäppchen. Der Wolf dachte bei sich 'das junge zarte Mädchen, das ist ein fetter Bissen, der wird noch besser schmecken als die Alte: du mußt es listig anfangen, damit du beide erschnappst.' Da gieng er ein Weilchen neben Rothkäppchen her, dann sprach er 'Rothkäppchen, sieh einmal die schönen Blumen, die ... warum guckst du dich nicht ... gar nicht, wie die Vöglein so ... dir dich hin, als wenn du zur ... in dem Wald.'

Le Petit Chaperon rouge est un conte traditionnel existant depuis plusieurs centaines d'années dans toute l'Europe.

... ... gen auf, und als es sah, ... Bäume hin und her bu... ... ... d, dachte es 'wenn ich der ... ... mitbringe, der wird ihr ... ... am Tag, daß ich doch zu ... ... Wald und ...

Même si le loup a disparu de pas mal de nos régions, il reste bien présent dans l'imaginaire collectif, héros de nombreux contes pour enfants.

Little Red-Riding-Hood.

Avoir peur du loup, c'est se méfier de l'inconnu et de la violence.

Jos. Goller: Illustrative Silhouette „Rotkäppche...

The Wolf and the Dog.

A LEAN, hungry, half-starved Wolf, happened, one moon-shiny night, to meet with a jolly, plump, well-fed Mastiff; and, after the first compliments were passed, says the Wolf, "You look extremely well; I protest, I think I never saw a more graceful, comely person; but how comes it about, I beseech you, that you should live so much better than I? I may say, without vanity, that I venture fifty times more than you do; and yet I am almost ready to perish with hunger ... answered very bluntly, "Why, y ... the same for it that ...

N DU RENARD

Dans le Roman de Renart, le loup Ysengrin se fait toujours duper.

D'abord Ésope, puis La Fontaine : les fables avec des loups existent depuis bien longtemps.

Le loup et la cigogne.

CHEFS-D'ŒUVRE POPULAIRES DE LA LITTÉRATURE FRANÇAISE.

LE LOUP ET LA CIGOGNE.

Les loups mangent gloutonnement.
Un loup donc étant de frairie
Se pressa, dit-on, tellement,
Qu'il en pensa perdre la vie :

Un os lui demeura bien avant au gosier.
De bonheur pour ce loup, qui ne pouvait crier,
   Près de là passe une cigogne.
Il lui fait signe ; elle accourt.
Voilà l'opératrice aussitôt en besogne.
Elle retira l'os ; puis, pour un si bon tour,
   Elle demanda son salaire.
   « Votre salaire ! dit le loup ;

   Vous riez, ma bonne commère ;
  Quoi ! ce n'est pas encor beaucoup
D'avoir de mon gosier retiré votre cou !
   Allez, vous êtes une ingrate :
  Ne tombez jamais sous ma patte. »

          LA FONTAINE.

THE LAW OF THE JUNGLE

JUST to give you an idea of the immense variety of the Jungle Law, I have translated into verse (Baloo always recited them in a sort of sing-song) a few of the laws that apply to the wolves. T...

Le Livre de la jungle est un recueil de nouvelles se déroulant dans la forêt d'Inde, au milieu des animaux sauvages. Elles racontent l'histoire de Mowgli, un enfant élevé par des loups.

Now this is the Law of th... the sky;
And the Wolf that shall ... that shall break it ...

As the creeper that girdles ... forward and back—
For the strength of the P... of the Wolf is the ...

Wash daily from nose-ti... never too deep;
And remember the nigh... the day is for slee...

THE SECOND JUNGLE BOOK

Lorsque j'étais en mission en Inde, j'ai croisé l'auteur de ce beau livre, Rudyard Kipling.

Cher Junior,
je suis ravi de t'offrir ce livre. Qu'il te fasse pénétrer le beau monde des enfants-loups.
Rudyard Kipling

« Effectivement, les loups sont présents dans chacun de ces contes. Mais même s'ils peuvent faire peur aux enfants, ils ne sont pas bien méchants. Et au final, ce sont eux les victimes.

– Oui, c'est comme si l'on se servait d'eux pour évacuer nos peurs. J'ai ici un livre que... »

Violet ne peut terminer sa phrase. La conversation du groupe de chasseurs s'anime, et il devient impossible de s'entendre.

« L'homme qui parle le plus fort, là...

– Le gentleman au costume de tweed ?

– Oui, sir Timotty Bugle-Horn. C'est lui qui a dû vendre son château au comte Bela Farkas. À cause d'un revers de fortune, dit-on.

– Voilà pourquoi il semble aussi contrarié. »

Les voix montent en effet de plus en plus, et l'on finit par ne plus pouvoir faire autrement que de suivre la discussion.

« Moi, je vous le dis, je l'ai vue l'autre soir.

– Qui ça ?

– La Bête, bien sûr ! C'est un énorme chien noir avec des yeux qui luisent dans la nuit.

– Eh bien, moi, elle ne me fait pas peur. Si jamais je l'ai au bout de mon fusil...

– Tu parles, tu feras comme tout le monde, tu t'enfuiras à toutes jambes !

– En tout cas, c'est clair, c'est depuis que ce mystérieux comte est arrivé dans le pays.

– Le comte, le comte. Il y a aussi cette troupe de gitans, je les trouve bien louches, moi... »

Une tête de loup empaillée trône sur un mur de la taverne.

Sir Timotty Bugle-Horn est connu dans tout le pays comme étant une redoutable gâchette.

Les trophées se mêlent aux bouteilles.

Pendant que les esprits s'échauffent, j'attrape mon carnet et tente de dresser un portrait-robot de la Bête. Un chien ? Un loup ? Un de ces villageois, pourquoi pas ? Il faut dire que certains ont vraiment une drôle de tête…

« Ces vagabonds, c'est bien connu, ils voyagent partout jusqu'en Afrique ou en Orient, et ils en ramènent des bêtes à moitié domestiquées. »

Mais oui : un animal sauvage dressé pour tuer !

Le trophée du loup au mur, la tête de certains villageois, les histoires qui se racontent… Tout se mélange sur mon carnet de croquis.

L'hypothèse de « montreurs de loups » serait séduisante, mais je ne vois pas ces gitans comme des gens du cirque. Et que seraient-ils venus faire par ici avec des bêtes fauves ?

Je partage mes réflexions avec Violet.

« Je suis bien d'accord avec vous. Je suis allée chez eux, une fois, parce qu'un mulet s'était blessé à une patte. Dans leur camp, je n'ai pas vu l'ombre d'une cage ni même d'une forte chaîne.

– Irréfutable. Sauf que j'ai bien peur que nos amis les chasseurs ne soient pas d'accord avec notre analyse : regardez comme ils s'excitent. »

Les hommes viennent en effet de se lever bruyamment et attrapent leur fusil. Aucun doute, hélas, sur leurs intentions :

« Il faut aller leur demander des comptes !

– Et leur faire dire où ils cachent leur bête sauvage !

– Et leur faire payer leurs crimes ! »

Ça commence à sentir le roussi pour les gitans ; attirés par les cris du groupe de chasseurs, une dizaine de villageois armés de fourches sont en train de se rassembler devant la taverne.

« Miss Shelley, je les suis pour tenter d'éviter l'irréparable. De votre côté, tâchez de trouver les policemen et rejoignez-nous au camp aussi vite que possible.

– D'accord. Mais pour l'amour du ciel, prenez garde à vous. »

Le mouvement de foule qui se crée ressemble à celui qui peut provoquer bien des catastrophes.

CHAPITRE 7

L'HOMME-LOUP
CHEZ LES GITANS

LE GITAN

Bon sang, ils sont déchaînés ! Quand j'arrive, les villageois sont déjà en train de bousculer les enfants et de renverser des gamelles. Je vois du coin de l'œil les policemen qui accourrent, accompagnés de Violet.

Un homme gigantesque s'offusque de cette invasion :

« Qu'est-cé qué vous voulez ? Nous avons rien fait, il faut laisser nous tranquilles.

– On sait que c'est vous, où cachez-vous le monstre ?

– Rien ici, pas de monstres, seulement gitans tranquilles.

– Le voilà ! »

Le rideau d'une fenêtre s'est baissé brusquement, mais nous avons tous eu le temps de voir un homme au visage… entièrement recouvert de poils ! Les paysans se précipitent sur la roulotte, en sortent violemment l'étrange individu et commencent à le molester. Le chef et les policemen tentent de s'interposer, en vain.

Il n'y a plus qu'une chose à faire.

BANG !

Rien de mieux qu'un coup de feu en l'air pour rafraîchir l'atmosphère.

Violet en profite pour prendre la parole.

« Arrêtez donc, vous ne voyez donc pas que ce pauvre homme est atteint d'hypertrichose ?

– De quoi ?

– Il a une anomalie. Major, sortez donc le dossier numéro 6 de votre sacoche, vous allez comprendre. »

Surprenante apparition derrière la fenêtre d'une des roulottes…

Les "loups-garous"

LOUPGAROU, s. masc. Homme que le peuple suppose être sorcier, et courir les rues et les champs transformé en loup.

UNE FAMILLE VELUE EN BIRMANIE

LYCANTHROPE, s. m. *li-kan-tro-pe.* Homme qui croit être loup.

LYCANTHROPIE, subst. f. Maladie de celui qui est lycanthrope.

...ATURE.

Chien[1], perme... accueillie la cu... reproduisons ci... photographie. ... qu'une anomal...

En 1573 à Dole, Gilles Garnier est accusé d'être un loup-garou après avoir dévoré de jeunes enfants.

Une famille velue en Birmanie — Shwe-Maon, sa fille Maphoon et son petit-fils. (D'après une photographie.)

Der in seiner Menschlichen Wohnung noch
stets rasende des Verbannt, und gutartigenen
so genanten Menschen Wolffs, und
geist.

Neuser

Werewolf, were'-woolf, s. a person transformed into a wolf, or a wolfish nature with wolfish appetites (A.S. wer, and wolf).

Loup-garou, n. m. Homme transformé en loup, ou d'une nature féroce avec des appétits féroces.

« Les Scythes et
les Grecs établis en
Scythie – sans doute
l'actuelle Ukraine –
ne racontent-ils pas
qu'une fois par an
chaque Neure – une
tribu de lycanthropes
selon la légende –
se change en loup
quelques jours pour
reprendre ensuite
sa forme humaine ? »

Hérodote,
grand historien
de la Grèce antique

Selon les légendes,
c'est lors des nuits
de pleine lune qu'a
lieu la transformation.

HAY TOR. DARTMOOR.   Andrew Beer

L'ACONIT (Fig. 269 et 270).

Fleur irrégulière, nettement symétrique par rapport à un plan. Calice coloré en bleu violet, avec un sépale supérieur en forme de casque. En écartant ce dernier, on voit les deux seuls pétales, d'une forme bizarre.

Étamines très nombreuses.

Casque formé par les sépales du calice

NOTA. — Ne pas porter à la bouche les fleurs de l'Aconit : elles renferment un poison violent, l'aconitine.

FIG. 270. — Aconit.
Fleur.

FIG. 269. — Aconit.
Inflorescence.

L'aconit tue-loup porte ce nom car, au Moyen Âge, le suc de la plante servait à empoisonner les loups : on les attirait avec des morceaux de viande imprégnés de ce poison végétal. La plante est ainsi devenue un « protecteur », éloignant les loups-garous.

On dit aussi que la seule façon de les tuer est d'utiliser un revolver chargé d'une balle d'argent.

Publié en 1865, Le Livre des loups-garous, du révérend Sabine Baring-Gould, a été la première étude vraiment sérieuse sur les mythologies et les légendes autour des loups-garous.

THE

BOOK OF WERE-WOLVES.

CHAPTER I.

INTRODUCTORY.

I SHALL never forget the walk I took one night in Vienne, after having accomplished the examination of an unknown Druidical relic, the Pierre labie, at La Rondelle, near Champigni. I had learned of the existence of this cromlech only on my arrival at Champigni in the afternoon, and I had started to visit the curiosity without calculating the time it would take me to reach it and to return. Suffice it to say that I discovered the venerable pile of grey stones as the sun set, and that I expended the last lights of evening in planning and sketching. I then turned my face homeward. My

1

LA MALÉDICTION DE LYCAON

Lycaon, roi des Arcadiens, était un homme barbare et cruel. Pour rendre honneur aux dieux, il avait institué des sacrifices humains, sanglantes hécatombes qui ne l'avaient pas rendu populaire auprès de ses sujets. Toutefois, Jupiter, dont il avait fondé le culte en Arcadie, désira lui témoigner sa reconnaissance. Un jour, il descendit à Parrhasia et lui demanda l'hospitalité. Lycaon l'accueillit à sa table, mais, stupidement féroce, il osa servir au maître de l'Olympe les membres d'un enfant. Irrité de cette audace sacrilège, le dieu s'apprêtait à le foudroyer, quand il s'émut au souvenir des services qu'il en avait reçus, et se contenta de le métamorphoser en loup.

La lycanthropie est une pathologie mentale reconnue, décrite aussi sous le nom de Morbus Lupinus.

C'est de cette légende que naît le terme de lycanthropie.

WILLIAM HOLE, R.S.A.

SCENES FROM THE GREAT NOVELS—IV.
THE TRANSFORMATION IN DR. LANYON'S OFFICE.—*Dr. Jekyll and Mr. Hyde, Chapter IX.*

Robert Louis Stevenson
1850 –1894

En 1886, Stevenson a publié *L'Étrange Cas du Dr Jekyll et de Mr Hyde*, l'histoire d'un médecin se débattant entre les deux faces de sa personnalité, la part humaine et la part animale.

Les facultés d'un individu sont révélées par l'examen de son crâne

C'EST LA PHRÉNOLOGIE

LA phrénologie est une doctrine qui considère la conforma-
tion du cerveau et de ses protubérances comme indiquant
les diverses facultés ou dispositions innées des individus.
C'est le docteur Gall qui, s'inspirant en partie des recherches antérieures de Camper, en a été le créateur, à la fin du
... cette hypothèse que le cerveau est cons-
... à une fonc-

Instincts ou penchants

Sentiments

Facultés perceptives

Facultés réflectives

masophie, ou science ...
cerveau, sur la partie frontale du fond de l'orbite,
et saillant serait un indice de son développement ; 10° glosso-
mathie, ou science des langues : dans l'orbite, au-dessus du pré-
cédent ; 11° industrie ou construction : saillie arrondie à la base
latente de l'os frontal, vers les tempes ; 12° affectionnivité, ou
amitié : vers le milieu du bord postérieur du pariétal ; 13° organe
du sexe ou de la combativité : au-dessus de l'oreille, vers l'angle
mastoïdien du temporal ; 14° cruauté ou destructivité : partie
supérieure et postérieure de l'écaille du temporal, au-dessus
de l'oreille ; 15° sécrétivité, discrétion ou ruse, suivant le cas :
partie antérieure et supérieure de l'écaille du temporal ; 16° ac-

n s'attachait à lui avec la ténacité du limier et la férocité du loup. (Page 349, col. 2.)

« Lycanthropie : maladie qui, dans les siècles où l'on ne voyait
partout que démons, sorcelleries et maléfices, troublait l'imagination
des cerveaux faibles, au point qu'ils se croyaient métamorphosés
en loups-garous et se conduisaient en conséquence. »
Collin de Plancy, *Dictionnaire infernal*, 1818

Durant le XIXᵉ siècle,
de nombreuses études du
comportement ont tenté
d'expliquer la folie des
individus se prenant
pour des bêtes fauves.

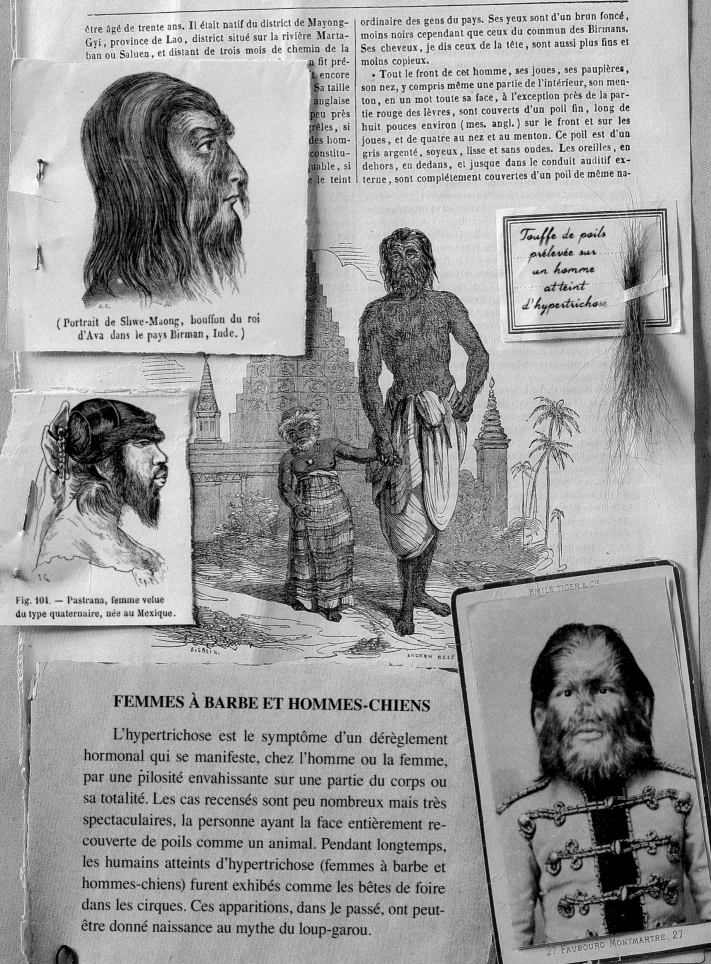

être âgé de trente ans. Il était natif du district de Mayong-Gyi, province de Lao, district situé sur la rivière Martaban ou Saluen, et distant de trois mois de chemin de la [...] fit pré [...] encore [...] Sa taille [...] anglaise [...] peu près [...] grêles, si [...] des hom-[...] constitu-[...] uable, si [...] le teint

ordinaire des gens du pays. Ses yeux sont d'un brun foncé, moins noirs cependant que ceux du commun des Birmans, Ses cheveux, je dis ceux de la tête, sont aussi plus fins et moins copieux.

Tout le front de cet homme, ses joues, ses paupières, son nez, y compris même une partie de l'intérieur, son menton, en un mot toute sa face, à l'exception près de la partie rouge des lèvres, sont couverts d'un poil fin, long de huit pouces environ (mes. angl.) sur le front et sur les joues, et de quatre au nez et au menton. Ce poil est d'un gris argenté, soyeux, lisse et sans ondes. Les oreilles, en dehors, en dedans, et jusque dans le conduit auditif externe, sont complétement couvertes d'un poil de même na-

(Portrait de Shwe-Maong, bouffon du roi d'Ava dans le pays Birman, Inde.)

Touffe de poils prélevée sur un homme atteint d'hypertrichose

Fig. 104. — Pastrana, femme velue du type quaternaire, née au Mexique.

ÉMILE TIGER & Cie

27. FAUBOURG MONTMARTRE. 27.

FEMMES À BARBE ET HOMMES-CHIENS

L'hypertrichose est le symptôme d'un dérèglement hormonal qui se manifeste, chez l'homme ou la femme, par une pilosité envahissante sur une partie du corps ou sa totalité. Les cas recensés sont peu nombreux mais très spectaculaires, la personne ayant la face entièrement recouverte de poils comme un animal. Pendant longtemps, les humains atteints d'hypertrichose (femmes à barbe et hommes-chiens) furent exhibés comme les bêtes de foire dans les cirques. Ces apparitions, dans le passé, ont peut-être donné naissance au mythe du loup-garou.

« Vous comprenez ? Cet homme a une maladie rare, cela ne fait pas de lui un monstre.

– Oui, bon, d'accord, il n'empêche qu'il faudrait interroger ce " phénomène " pour voir s'il n'a rien à se reprocher.

– Mais puisque je vous dis…

– Mademoiselle, les hommes du village ont raison, nous ne pouvons négliger aucune piste. Au nom de Sa Gracieuse Majesté, je vous arrête, monsieur. »

Et les policemen emmènent l'homme au visage velu.

Dragonin, l'homme-loup,
au cours de sa tournée.

L'aconit tue-loup est une plante à la fois dangereuse et magique.

Quel gâchis : les villageois repartent pleins de défiance, les gitans sont furieux, Violet est abattue… Pour ma part, le dossier du professeur m'a convaincu : cet homme est une victime, certainement pas un coupable.

« Venez, miss Shelley, nous n'avons plus rien à faire ici. La nuit va tomber, il est temps de rentrer au village. »

Nous nous apprêtons à rebrousser chemin quand Violet est saisie par le bras. Une jeune femme aux habits colorés la regarde intensément, tout en dégageant une grande douceur.

« Toi, bonne avec mon frère.

– Votre frère ?

– Dragomir, l'homme que police emmener. Alors prends.

– Une plante ?… Je la reconnais, c'est un aconit tue-loup. Mais pour quoi faire ?

– Ça fleur magique, ça protéger toi. »

La gitane se tourne vers moi.

« Montre-moi main à toi, monsieur Major.

– Que me voulez-vous ?

– Toi pas avoir peur, toi juste montrer main. »

Sans même m'en rendre compte, j'ai tendu vers elle ma paume droite. Elle la regarde attentivement, suivant lentement du doigt les lignes de ma main. Soudain, elle sursaute.

« Attention, *Psoglav*, grand danger pour toi…

– *Psoglav* ? C'est du roumain ?

– Non, Major, pas roumain, serbe de région à nous. »

Le chef du groupe s'est approché de moi.

« C'est donc de Serbie que vous venez. Et qu'est-ce que cela signifie ? »

Il semble hésiter.

Les pouvoirs parapsychologiques de certaines gitanes sont bien connus.

« *Psoglav*, c'est " loup-garou ". Chez nous, grande malédiction.
– Loup-garou, tiens donc. Il faudrait que je me méfie d'un loup-garou, c'est bien ça ? »
La jeune gitane acquiesce.
« Oui, te méfier. Et pourtant, pas ennemi… »

Tout cela m'intrigue bougrement. De retour à Manaton, je raccompagne Violet chez elle. Je n'ai pas envie de rentrer tout de suite à mon auberge. Un passage par la taverne devant un bon whisky me permettra peut-être de m'apaiser un peu. Sur le coin de la table, je dessine des « hommes-loups » étranges mais calmes, imaginant leur drôle de vie.
La nuit finit par tomber.

CHAPITRE 8

LA BÊTE INVINCIBLE

LE LOUVETEAU

L'insigne des scouts
du Devon.

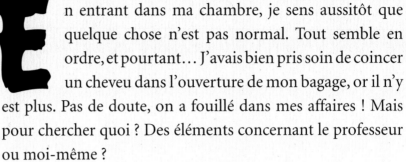

En entrant dans ma chambre, je sens aussitôt que quelque chose n'est pas normal. Tout semble en ordre, et pourtant… J'avais bien pris soin de coincer un cheveu dans l'ouverture de mon bagage, or il n'y est plus. Pas de doute, on a fouillé dans mes affaires ! Mais pour chercher quoi ? Des éléments concernant le professeur ou moi-même ?

Je commence à penser que la Bête mystérieuse n'est peut-être pas si animale que ça… Ou qu'en tout cas, elle n'est pas la seule à créer du trouble dans la région.

La nuit fut calme. Que me réservera cette nouvelle journée ? De bonnes ou de mauvaises nouvelles ? Hélas, je ne mets pas longtemps à le découvrir sur ma table de petit déjeuner en ouvrant le *Devon County Chronicle* du jour. La Bête a frappé de nouveau hier au soir, pas très loin d'ici. Pire encore : elle s'en est pris cette fois à des enfants !

Je lis rapidement l'article et n'en crois pas mes yeux. Si c'est une blague du journaliste, elle est vraiment de très mauvais goût. D'après ses dires, en effet, le monstre s'est attaqué à un groupe de jeunes scouts de la région, entre huit et onze ans, ceux qu'on appelle… les « Louveteaux » !

Réfléchissons au sens de tout cela. Il me semble que le professeur a planché sur ce sujet.

Devon County Chronicle

LA BÊTE FRAPPE ENCORE !

Dernière minute : au moment où nous mettons ce numéro sous presse, on nous apprend que le monstre qui frappe dans notre région depuis quelque temps vient encore de sévir. Cette fois, ce sont des enfants qui ont subi les attaques de la Bête. D'après notre informateur, le drame s'est produit au cœur du Dartmoor, sur le lieu-dit Great Hound Tor. Les enfants, un groupe de scouts de notre contrée, venaient

juste de finir d'installer leur campement dans un fond de prairie pour y passer la nuit quand ils ont subi l'attaque de la bête. Fort heureusement, à part un blessé léger, pas de victime cette fois-ci. On se souvient avec horreur de la découverte du corps de la jeune bergère il y a peu, celle-ci avait eu moins de chance que ces enfants face au monstre. On peut aussi se demander jusqu'où

Les "enfants-loups"

LE SCOUTISME

En 1907 Lord Baden-Powell crée le scoutisme, un mouvement d'éducation des jeunes par la pratique du jeu et de la vie dans la nature. *Le Livre de la jungle* de Kipling a fortement inspiré le scoutisme, et plus particulièrement le louvetisme, branche réservée aux enfants de 8 à 12 ans. Ceux-ci, appelés louveteaux, sont encadrés par des animateurs empruntant souvent le nom d'un des personnages du livre : Akela, Bagheera, Baloo, sans oublier Raksha, la mère louve...

Baden-Powell, était un ami de Rudyard Kipling.

IDENTITÉ

Nom : Lalle
Prénom : Auguste
Né le 13 / 12 / 18
Adresse : 97
rue d'Izle

Adresse du S. M. G.

Signature du titulaire :

ÉTATS DE SERVICE

	Date	Signature du Scoutmestre de Groupe
Louveteau	de	
Entrée	24	
Promesse scoute		
Scout de 2e classe		
Scout de 1re classe	27	
Chevalier de France		
Second	21	
Chef de Patrouille		
Premier-Chef		
Scout Marin		

LOUVETEAU.

Remarquer que les longs paturons, les larges pieds, et les longues mâchoires du loup en croissance se sont développées avant le reste du corps.

LA LOI DE LA JUNGLE

I
Nous connaissez-vous, nous les Petits-
[Loups?
Connaissez-vous les Petits Loups?
Quand nous passons, vous avez pe
Ignorant le parler de la Jungle.

REFRAIN
Car nous sommes les Loups du grand bo
[français
Nous faisons tous effort afin d'être prêts
« De notre Mieux », de progrès en progrès,
C'est la Loi, — notre Loi! de la Jungle.

II
A la queu leur leu, à pas de velours,
Blancs, fauves, gris, noirs, bruns et roux,
Nous ouvrons l'œil pour savoir, savoir tous
Les secrets merveilleux de la Jungle.

III
Un regard du Chef nous gouverne tous :
Nous faisons plaisir à d'autres qu'à nous,
Et nos parents ne comprennent rien du
[tout
A leurs fils transformés par la Jungle.

IV
Quand il faut jouer, nous mettons d'un
[coup
Toute la forêt sens dessus-dessous,
Mais au travail les premiers sont les Loups
Car ils gardent l'Honneur de la Jungle.

184

Pour

revoir, mes frères,
ous reverrons, mes frères,
e n'est qu'un au-revoir.

II
Formons de nos mains qui s'enlacent,
Au déclin de ce jour,
Formons de nos mains qui s'enlacent
Une chaine d'amour.

III
Aux Scouts unis par cette chaine
Autour des mêmes feux
Aux Scouts unis par cette chaine
Ne faisons point d'adieux.

185

La loi de la jungle définit des principes d'engagement et de courage.

Les enfants sauvages

Un enfant sauvage est un enfant qui, perdu ou abandonné, a grandi à l'écart de tout contact humain, parfois élevé par des animaux sauvages. Ce fut le cas de Rémus et Romulus, élevés par une louve, tout comme le célèbre Mowgli du *Livre de la jungle*.

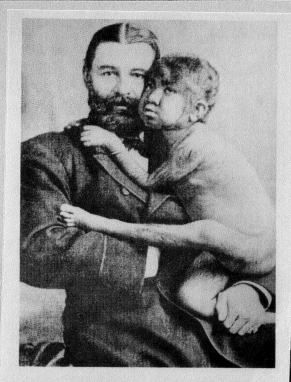

Krao, l'enfant sauvage de Barnum

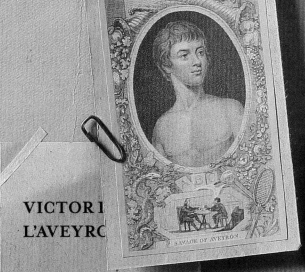

VICTOR I
L'AVEYRO

En 1800, un enfant sauvage fut « capturé » dans l'Aveyron, au cœur de la France. Nu, ne parlant pas, il fut pris en charge par un docteur, Jean Itard, qui le baptisa Victor et chercha à le faire revenir parmi les humains.

La Laotienne Krao, l'une des vedettes du cirque Barnum, a le corps couvert de poils noirs. Elle fait des mimiques de singe (projection des lèvres en avant) et ses pieds sont préhensiles.

NOTES

Il y a peu de points communs entre les scouts et les enfants sauvages élevés par des loups. Cependant, dans les deux cas, j'y vois le fait que les loups représentent pour ces enfants une force bénéfique, protectrice même.

Ainsi donc, des loups ont plusieurs fois sauvé des enfants humains. Alors pourquoi donc la Bête s'en est-elle prise cette fois à des jeunes ? Comme si elle se retournait contre ses propres enfants...

L'article ne précise pas grand-chose, à part que le drame s'est déroulé tout près d'ici au sud, dans un vallon boisé près de Great Hound Tor. Il faut que j'aille parler à ces jeunes avant qu'ils ne repartent.

Je passe chercher Violet, et le temps du voyage, je la mets rapidement au courant de la situation. Nous arrivons à temps, les jeunes scouts sont en train de plier le camp. L'ambiance semble sereine. Mais dès que nous commençons à les interroger, les peurs ressurgissent et tous se mettent à raconter en même temps ce qui s'est passé la veille au soir. L'attaque a été soudaine, inattendue. L'animal s'en est pris d'abord à leur chef, un jeune homme portant le totem d'« Aquila » – ça ne s'invente pas : c'est le nom du vieux loup dans *Le Livre de la jungle* de Rudyard Kipling ! « Et il est... ?

– Non, il a juste été blessé à la main. Il est à l'hôpital de Moretonhampstead, on doit le rejoindre là-bas cet après-midi.

– Heureusement que la garde-chasse est arrivée !

– La garde-chasse du comte ?

– Oui, elle a tiré sur la Bête, qui s'est alors enfuie en hurlant. »

La garde-chasse ? Que faisait-elle là à cette heure ?

Les enfants ont eu le temps de voir la Bête, même s'il commençait à faire bien sombre.

« Vous pourriez nous la dessiner ? »

Je me retourne vers Violet, admiratif de la riche idée qu'elle vient d'avoir.

Les dessins de la Bête réalisés par les jeunes scouts sont à la fois amusants et effrayants.

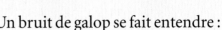

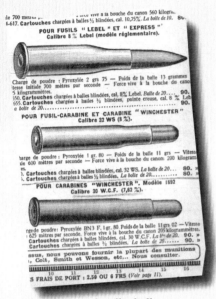

*Avec de telles balles,
la Bête n'aurait pas
dû s'en sortir.*

*La garde-chasse
du comte nous montre
comment elle a tiré sur
la Bête… sans succès.*

Mais qui voilà, justement ? Un bruit de galop se fait entendre : la garde-chasse du comte arrive à vive allure. Elle n'a pas l'air ravie de nous voir là, mais elle semble aussi inquiète.

« Che foulais m'assurer que les enfants font bien.

– Plus de peur que de mal apparemment, et cela grâce à vous. Ainsi, vous avez tiré sur la Bête ? »

Sa gêne est visible.

« Oui, il fallait. Ch'étais obligée… Sinon, les enfants, fous combrenez ?

– Parfaitement, et nous ne pouvons que vous féliciter de votre réaction et de votre courage. Mais les scouts nous disent que vous l'avez à peine touchée ?

– Foui, z'est ingonpréhensible. Ch'étais à moins de dix mètres, et avec mon fusil de chasse, che ne pouvais pas la manquer. On dirait gue la balle a ricoché sur son dos… »

Un éclair me traverse l'esprit : des êtres mi-chiens, mi-loups, des balles qui ricochent sur leur cuir… Mais oui, c'est l'histoire de la bête du Gévaudan !

« Miss Shelley, regardez ce dossier du professeur : c'est exactement ça. »

RELATION
CURIEUSE,
VÉRITABLE ET REMARQUABLE,
Relation & Figure de la Bête féroce qui ravage le Languedoc.

LA Bête féroce qui a paru dans le Gévaudan au mois de Novembre dernier, & qui fait encore tous les jours de si grands ravages dans cette Province, ainsi que dans le Rouërgue, où elle se montre si souvent, a la gueule presque semblable à celle du Lyon, mais beaucoup plus grande, des oreilles qui, dressées passent la tête de quelques pouces & se terminent en pointe; le cou couvert d'un poil long & noir, qui étant hérissé la rend encore plus effroyable, outre deux rangées de grosses dents pointuës, elle en a deux en forme de défences, comme les sangliers, lesquelles sont extrêmement pointuës; ses jambes de devant sont assez courtes, mais les pattes sont en forme de doigts & armés de longues griffes; son dos ressemble à celui du poisson qu'on nomme *Requin* & *Cayman*, il est couvert d'écailles terminées en pointes; ses pattes de derrière sont comme celles d'un cheval, & il s'y dresse dessus pour s'é-

Figure du Monstre, qui desole le Gevaudan,
Cette Bête est de la taille d'un jeune Taureau elle attaque de préférence les Femmes,
et les Enfans elle boit leur Sang, leur coupe la Tête et l'emporte.
Il est promis 2700 à qui tuerait cet animal

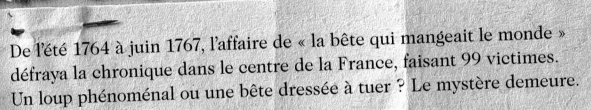

De l'été 1764 à juin 1767, l'affaire de « la bête qui mangeait le monde »
défraya la chronique dans le centre de la France, faisant 99 victimes.
Un loup phénoménal ou une bête dressée à tuer ? Le mystère demeure.

Correspondance entre le
lieutenant de louveterie
M. d'Enneval (célèbre pour
avoir tué plus de 1 200
loups) et Louis XV, roi
de France et de Navarre.

« S. P. »

(à suivre.) A. BROWN.

A TRAVERS LA FRANCE INCONNUE

LA BÊTE DU GÉVAUDAN

Il n'y a pas de personnes qui, pour peu qu'elles se soient arrêtées dans ce pittoresque pays de Lozère tout récemment révélé par l'explorateur Martel, n'aient entendu parler de cette « mâle bête du Gévaudan » qui, dans la dernière moitié du XVIIIe siècle, jeta la consternation et la terreur dans cette contrée et dans la partie méridionale de l'Auvergne.

On s'est demandé longtemps si cette bête n'appartient pas plutôt à la légende qu'à l'histoire et si les ravages qui lui sont attribués sont l'œuvre de plusieurs loups ou d'un seul.

Aidés des documents que nous avons pu puiser dans les archives départementales de la Lozère, nous allons tâcher de démêler la vérité de la fiction, et faire, comme on le dit, une instantanée aussi clair que possible de cette bête aperçue par les paysans du Gévaudan à travers le prisme grossissant de la terreur et de la superstition.

Rien de moins facile en effet que de dire la physionomie exacte de la bête. Les récits de l'époque sont fort obscurs et, qui plus est, fort contradictoires. Les uns la donnent comme le produit d'une louve et d'un lévrier ; les autres reconnaissent en elle une hyène échappée d'une ménagerie de la fameuse foire de Beaucaire ; ceux-ci pensent que c'était « quelque gros singe, et cela avec d'autant plus de fondement, que quand cet animal passe quelque rivière, il se redresse sur ses deux jambes de derrière et *gaye* comme une personne, pourvu qu'il ne soit pas pressé » ; à ceux-là l'animal paraît « à peu près de la grandeur d'une âne, le poitrail fort large, la tête et le col fort gros, les oreilles plus longues que celles d'un loup, le museau à peu près comme celui d'un cochon. Ses yeux, semblables à ceux du loup, sont sous une houppe de poils fort longs... Il traîne le ventre contre terre, il bat ses flancs de sa queue extrêmement longue et touffue, d'une force horrible, etc. »

Une gravure de l'époque que nous avons eue sous les yeux la représente les pattes de devant armées de quatre griffes et celles de derrière munies de sabots.

Il est plus raisonnable de voir dans les ravages exercés par cette fameuse bête l'œuvre de plusieurs loups ; d'ailleurs, les loups abondaient et abondent encore dans la Lozère, il n'est point rare en plein hiver d'en voir rôder aux environs des hameaux et même des villes de cette triste contrée.

L'imagination des habitants du Gévaudan avait bien lieu d'être surexcitée.

Dans la seule année de 1764, les écrits et documents de l'époque attribuent à la bête du Gévaudan « la dévoration » de 92 personnes, des enfants et des femmes pour la plupart. Du mois de juin au mois d'octobre elle avait dévoré ou blessé 26 personnes.

On commençait à s'effrayer, les battues organisées par les paysans ne pouvaient rien ; les routes devenaient désertes, la garde des bestiaux presque impossible.

De Clermont on envoya une compagnie de dragons du régiment des volontaires, 1,200 paysans se joignirent à la troupe. Poursuites infructueuses, ravages incessants. La bête passe du Gévaudan dans le Rouergue, du Rouergue dans l'Auvergne. Les États du Languedoc votèrent une somme de 2,000 livres en faveur de celui qui tuera la bête. L'évêque de Mende, Mgr de Choiseul, fait paraître un mandement spécial, ordonne des prières publiques, l'exposition du Saint-Sacrement dans la cathédrale et les autres églises comme au temps des calamités les plus grandes.

La bête redoubla d'audace.

M. de Balainvilliers, intendant d'Auvergne, offre 6,000 livres à celui qui en débarrassera le pays. Le roi envoie M. d'Enneval, un de ses meilleurs louvetiers, et met à sa disposition 56 dragons du Clermont-Prince. La bête répond à ces mesures par de nouveaux ravages.

Alors on songea à employer la ruse. Le sieur Jous du Papoux écrivait le 18 février 1765 à l'intendant de la Province : « Comme cet animal furieux ne fait sa proie que du sexe (*sic*), ainsi qu'il est dit par le bruit commun, il conviendrait pour cet effet d'emprunter l'artifice pour que sa proie soit son véritable vengeur. A cette cause, vu que ce monstre est acharné audit sexe, il faudrait qu'en tous lieux qu'il paraîtra, on fît des femmes artificielles, composées avec du plus subtil poison, et les exposer à différentes avenues sur des piquets pliants pour inciter ce maudit animal à exécuter son indigne fureur et à avaler sa propre fin : en sorte que, pour composer ces femmes postiches, c'est d'avoir trois vessies de cochon et le col d'une brebis ou mouton, dépouillé à chaux vive... »

Louis XV, sollicité à nouveau, envoie sa meute et le sieur Antoine de Beauterne, son lieutenant des chasses. La poursuite de la bête recommença avec acharnement.

Le 20 septembre 1765 une immense battue fut faite dans le pays ; le monstre fut tué. Une lettre de M. de Balainvilliers annonçait au roi avec de nombreux détails la mort tragique de la bête : « La bête était un loup, il avait 32 pouces de hauteur, 5 pieds 7 pouces et demi de longueur et 3 pieds de circonférence, il pesait 150 livres. » Le héros de la battue, Antoine de Beauterne, reçut du roi la croix de Saint-Louis et mille livres de pension. Enfin la bête fut empaillée et envoyée à Paris.

Le Gévaudan respirait quand tout à coup la nouvelle se répandit que les ravages recommençaient, que la fameuse bête n'était point morte.

Tout était à refaire. On se mit vaillamment à l'œuvre ; il fallait se débarrasser du monstre. Le poison ne réussit pas. Dans une chasse organisée par M. d'Apcher, la bête, « la vraie bête », fut blessée, puis tuée.

Ce fut l'occasion de fêtes et de réjouissances publiques.

Cette fois, l'animal ne fut pas empaillé ; on l'envoya au roi, mais embaumé ; l'opération avait été si mal faite qu'il se pourrit en route. Les États votèrent une gratification aux heureux chasseurs et le Gévaudan rentra dans la tranquillité.

Cette pauvre région du Gévaudan eut un moment de célébrité. Des dames de la cour trouvèrent bon ton de porter des vêtements « couleur de la bête ». Dans les baraques foraines de France, voire de Flandre, des barnums, en quête d'actualités, exhibèrent le corps authentique de la bête et pendant quelque temps on désigna le Gévaudan sous le nom typique de « pays de la b...

...imprimée et de CINQUANTE CENTIMES en timbres-poste pour frais de réimpression.

Véritable figure de la Bête féroce qui a tant ravagé le Gévaudan et l'Auvergne, et dont M. Antoine, Chevalier de S. Louis, et seul Porte arquebuse de Sa Majesté, qui après de fréquentes chasses a enfin rencontrée dans le bois de la réserve de l'Abbaye Royale des Chazes, il lui a tiré un coup de Carabine dans l'œil droit. A 80 pas de distance, cette Bête s'est relevée et a couru avec une telle promptitude sur lui, qu'il l'obligea d'appeler du secours, ce fut M. RAUGLAND, Garde de M.R LE DUC D'ORLÉANS qui est arrivé à temps, qui du coup lui a fait reculer et pas à tomber morte. Il y a encore la Mère et 4 petits. De Sartene. Tué permission, à 4 octobre 1765.

Paris chez Maillet, rue S. Jacques, au dessus de celle des Mathurins, à côté du d'or S. Remy.

Le 19 juin 1767, un loup est tué avec une balle bénie. Les crimes s'arrêtent.

Durant trois ans, les plus grands chasseurs de France sont envoyés dans le Gévaudan. Plusieurs loups sont tués, d'autres bêtes paraissent invincibles, les balles semblant ricocher sur elles.

Selon une théorie récente, la bête du Gévaudan ne serait pas un loup, mais un « chien de guerre », dressé pour attaquer, et équipé d'une côte de mailles recouverte d'une peau de sanglier. Mais qui aurait pu faire une chose pareille ?

NOTES

L'hypothèse de l'animal moitié sauvage, moitié dressé me plaît. Elle pourrait expliquer bien d'autres croyances et légendes autour de « bêtes invincibles », qui seraient en fait de pauvres chiens manipulés par des tueurs en série.

Longueur de l'empreinte du pied du monstre

quod vidi testor

On n'a jamais vraiment résolu ce mystère. « Non, et pourtant, les lieutenants de louveterie les plus fameux de l'époque furent mobilisés. Tiens, mais j'y pense : j'ai un ami en France, Guyldemard, qui exerce toujours cette étrange profession. Pouvez-vous me faire penser à lui envoyer un télégramme ? Cela pourrait être intéressant de le faire venir ici. »

Les enfants et la garde-chasse partis, le calme est revenu dans le vallon. J'en profite pour faire une inspection minutieuse des lieux et là, sur le sol, je trouve une touffe de poils sombres à moitié roussis. Sans doute arrachés à la Bête par la balle de la garde-chasse.

« Miss Shelley, nous avons du pain sur la planche, ces quelques poils vont peut-être nous donner la clé du mystère. »

Violet examine soigneusement les poils trouvés sur place.

POST OFFICE TELEGRAM
CONFIRMATORY COPY

Charges to pay
s.   d.
RECEIVED

POST OFFICE
TELEGRAM

No.
OFFICE STAMP

PM 3 s.m   27   Prefix.   Time handed in.   Office of Origin and Service Instructions.   Words.

From

TS A

A GUYLDEMARD DE SAINT-HUBERT

URGENT - LOUP TUEUR DANS DEVONSHIRE

BESOIN TON AIDE - MERCI NOUS REJOINDRE AU PLUS VITE

MAJOR PERCY H. KINKS

For free repetition of doubtful words telephone "TELEGRAMS ENQUIRY" or call, with this form at office of delivery. Other enquiries should be accompanied by this form and, if possible, the envelope.

B or C

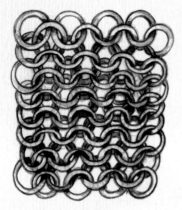

Cette cotte de mailles a sans doute été utilisée au Moyen Âge.

Pendant que Violet se penche sur son microscope et prépare un colis pour le laboratoire de Plymouth, je m'en vais faire quelques achats chez l'antiquaire : une cotte de mailles, une vieille chaise, un fusil à balles et le gros loup empaillé que j'avais repéré chez lui l'autre jour. Cela peut paraître saugrenu, mais j'ai eu une idée que je compte bien mettre en œuvre au plus tôt : j'ai lu quelque part qu'au Moyen Âge, on utilisait des gros chiens de guerre dans les combats ; et pour les protéger, on leur confectionnait des armures à leur taille, avec des filets de métal. Et si notre Bête était ainsi équipée d'une cotte de mailles ? Cela expliquerait pourquoi la balle a ricoché sur elle.

Je file donc dans un endroit tranquille à l'écart du village, avec tout mon matériel. J'installe le loup empaillé sur la chaise et le recouvre de la cotte de mailles. Puis je recule à près de huit mètres – la garde-chasse a dit qu'elle se trouvait à moins de dix mètres quand elle a tiré sur la Bête.
Visons bien… BANG ! BANG !

Mes essais ne sont pas vraiment concluants.

0   1m   2m   3m

Deux coups, droit au but. Ça va, je n'ai pas perdu la main.

Zut, test non concluant : les deux balles ont parfaitement traversé la cotte de mailles et le pauvre loup empaillé. L'antiquaire ne va pas être content…

Trêve de plaisanterie, cela signifie surtout que mon hypothèse était fausse. Et que la Bête est dotée de pouvoirs surnaturels.

Un bruit de galop…

« Qu'est-ce que vous faites ici ? Vous êtes surrr mes terrres, vous n'avez rrrien à y fairrre !

– Monsieur le comte Farkas, je suppose ?

– Parrrtez immédiatement. Je ne supporrrte pas que l'on chasse chez moi. Et d'ailleurrrs, qu'est-ce que c'est que cet attirrrail ? »

Je m'empresse de quitter les lieux avant qu'il ne se penche davantage sur mon expérience. Ma première rencontre avec le comte – car c'est bien de lui qu'il s'agit – n'aura pas été des plus courtoises.

D'ailleurs, il semblait furieux. Et son bras de chemise était déchiré. Il se serait battu ? Et que signifie cet étrange tatouage que j'ai vu sur son avant-bras, une tête de loup entourée d'un serpent qui se mord la queue ?

Dessin du tatouage du comte.

CHAPITRE 9

LE PIÈGE
SE REFERME

Boutons de manteau de louveterie.

Guyldemard de Saint-Hubert, en grande tenue de lieutenant de louveterie.

Ce matin, j'ouvre le journal du jour avec une pointe d'appréhension. Ouf, pas le moindre article sur un nouveau drame. La Bête nous accorderait-elle un peu de répit ?

J'ai à peine le temps de me laisser aller à cette idée que des grands cris résonnent dans la rue. Je sors précipitamment pour découvrir un groupe de villageois survoltés, entourant deux policemen visiblement embarrassés.

« Vous teniez le coupable, le gitan poilu. Pourquoi vous l'avez libéré ?

— Nous avons interrogé ce monsieur comme il le fallait, et n'avons rien trouvé à lui reprocher. D'ailleurs, il était en garde à vue dans nos locaux quand les jeunes scouts ont été attaqués. Ce n'est donc pas lui le coupable.

— Si ce n'est lui, c'est donc ses frères !

— Messieurs, du calme, croyez bien que nous mettons tout en œuvre pour élucider cette sombre affaire.

— Ah oui ? Et vous faites quoi ? Des rondes dans la lande ?

— Effectivement.

— Pff… En fait, ce qu'il faudrait faire, c'est une battue.

— Eh bien, je crois que j'arrive à temps. »

Je me retourne au son de cette voix au charmant accent français.

— Guyldemard, vous êtes déjà là ?

— Cher Percy, dès que j'ai reçu votre message, j'ai pris le bateau puis le train jusqu'ici.

— Messieurs, je vous présente Guyldemard de Saint-Hubert. Il arrive tout droit de France, où il exerce la profession de louvetier.

— Louvetier ? C'est quoi, ça ? Il élève des loups ?

— Pas du tout, bien au contraire. Le plus simple est que je vous fasse lecture du dossier complet que j'ai là, justement. »

La chasse aux loups

LOUVETIER, s. m. *lou-ve-tié. Grand louvetier*, officier de la maison du Roi,

LOUVETERIE, s. f. L'équipage pour la chasse du loup. Lieu destiné pour loger cet équipage.

 6772. Appât p^r loups, produit odorant concentré absolument infaillible p^r faciliter la capture de ce redoutable carnassier. Cette composition est considérée d'utilité publique par plusieurs gouvernements.
Le flacon.......... **4.** »

Le loup saisissant à la gorge, les bergers équipaient leurs chiens de colliers de fer aux pointes acérées. 1 : Turquie; 2 et 3 : sud de la France; 4 : « Bataille dans les Hautes-Pyrénées », gravure d'après un tableau de J. Gélibert, 1870.

Depuis le Moyen Âge, les hommes
ont inventé mille pièges pour chasser les loups.

NOVVELLE
INVENTION
DE CHASSE.

POVR PRENDRE ET OSTER
LES LOVPS DE LA FRANCE: COMME
les tables le demonſtrent, auec trois diſcours
aux Paſtoureaux François.

PAR M. LOVYS GRVAV,
PRESTRE CVRE DE SAVGE
Dioceſe du Mans.

A PARIS,
Chez PIERRE CHEVALIER, au mont S.
Hilaire, à la Court d'Albret.

M. DC. XIII.
Auec Priuilege du Roy.

Page de titre du traité de Louis Gruau,
publié en 1613, qui décrivait les mille et une
astuces pour se débarrasser des loups.

Cela fait plus
de 1000 ans
que des règles
précises ont été
mises en place
pour détruire
l'animal.

LE LOUP.

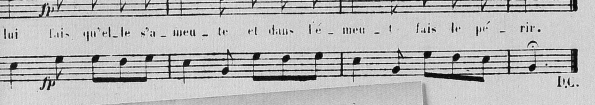

Bon Lou_ve_tier ex_ci_te la meu_te voi_ci le Loup qui s'ap_prête à par_tir

lui fais qu'el_le s'a_meu_te et dans l'é_meu_t fais le pé_rir.

En France, depuis Charlemagne,
les lieutenants de louveterie
ont un statut privilégié.

A côté de la vénerie il y avait la louveterie, appartenant aussi à la maison du roi, et organisée d'après les mêmes principes hiérarchiques. L'origine de cette institution, fondée primitivement dans un but d'utilité publique, remontait à Charlemagne. Ce prince avait enjoint à ses comtes d'entretenir dans leurs provinces respectives des équipages pour la destruction des Loups, alors très-nombreux, et qui faisaient de grands ravages. Plus tard cette mission tutélaire fut confiée aux baillis et aux sénéchaux; mais au XVe siècle la direction en fut remise aux mains d'un chef suprême, officier de la maison du roi, qui prit le titre de grand louvetier de France. Le grand louvetier avait sous ses ordres des lieutenants de louveterie, disséminés dans les provinces. Comme marque de sa dignité, il portait dans son blason, au-dessous de l'écu, deux têtes de Loup. La louveterie, supprimée par la révolution, fut rétablie en 1814 et placée dans les attributions du grand veneur; mais en 1830 elle fut définitivement annexée à l'administration des forêts. Il existe encore aujourd'hui, dans quelques parties de la France, des lieutenants de louveterie; mais ce sont simplement de riches propriétaires, choisis par l'administration, et qui s'engagent volontairement, pour l'amour de l'art et du bien public, à entretenir un équipage de chasse dont la composition est déterminée. Ils ne reçoivent aucune rétribution et jouissent seulement de certains priviléges; ils ont, par exemple, le droit de chasser le Sanglier à courre deux fois par mois dans les forêts de l'État comprises dans leur circonscription; ce qui fait qu'en somme ces louvetiers tuent beaucoup de Sangliers et fort peu de Loups; et cela par le motif, très-plausible, que les Sangliers sont encore assez communs en France, tandis que les Loups y sont devenus fort rares.

PIÈGES

Piéges à palette en bois. — Ces piéges sont tout en acier, très robustes, très sensibl
fabrication irréprochable. L'appât se place sur une planche à bascule, de là leur dénominatio
lette en bois ». Ces piéges se tendent très facilement et se font en toutes dimensions, ils so
munis d'un anneau permettant de les fixer, au moyen d'une chaîne, à un piquet ou à un arbr

7000. Pour putois et lapins, longueur 32 centimètres . . . .
7010.   33
7015. Pour lièvres,   38
7020. Pour fouines,   43
702 . Pour blaireaux,   54

7035. Pour renard
longueur 60 c/m
7040. Pour renard
longueur 65 c/m
7045. Pour loup
longueur 70 c/m
7050. Pour loup
longueur 75 c/m
7055. Pour loup
longueur 80 c/m
7060. Pour sangli
longueur 90 c/m
7065. Pour sanglie
longueur 1 mètre

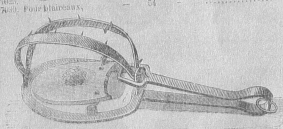

Piéges à engrenages. — Ces piéges sont tout en acier, très robustes, très sensibles et
cation irréprochable. Ils manœuvrent au moyen de deux engrenages qui sont actionnés
fort ressort. Étant donné leur très grande puissance, ils sont destinés principalement aux

7070. Pour belettes, longueur 16 centimètres .
7075. Pour fouines,   19
70 .   22
7 . Pour blaireaux,   24

7090. Pour renard
longueur 27 c/m
7095. Pour renard
longueur 30 c/m
7100. Pour renard
longueur 32 c/m
7105. Pour loup
longueur 35 c/m
7110. Pour loup
longueur 38 c/m
7115. Pour loup

PIÈGES AMÉRICA

Ces piéges sont tout en acier découpé et poli. — Ils sont munis
particulière et d'une très grande sensibilité. Bien que peu volumi
et leur action est certaine et immédiate. Ces piéges, d'une fabri
d'une chaîne solide servant à les fixer.

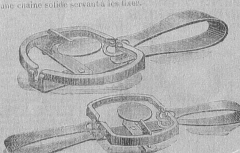

NOTA. — Pour tous les piéges ci-dessus d
pas oublier d'ajouter 0,75 pour le
port dû.

Dépôt à Paris

Trappes, fosses, cages, assommoirs, guillotines, pieux, hameçons, viande empoisonnée, piéges à mâchoire… L'arsenal de la chasse aux loups est un véritable cabinet des horreurs.

MAISON DU ROI.

SERVICE
DU GRAND-VENEUR.

DÉPARTEMENT
de l'Indre

SAISON
de 1825 à 1826.

ÉTAT DES ANIMAUX NUISIBLES détruits depuis le 1er Mai 1825 jusqu'au 1er Mai 1826, par M. Édouard de St Cyran, Lieutenant de Louveterie dans le département de l'Indre.

DÉSIGNATION DES ANIMAUX.	NOMBRE	OBSERVATIONS.
Loups	Quatre	J'ai tué trois Loups et trois Louves dans les Bois de Valan avec mon équipage.
Louves	Six	J'ai tué deux louves et un loup avec mon équipage
Louveteaux . . .	trois	dans le forêt de St André.
Renards	Dix	J'ai pris une Louve avec un piége dans le forêt
Blaireaux		de Chateauvy.
Chats sauvages . .		Les trois Louveteaux ont
Sangliers	dix sept	été pris par mes chiens dans la forêt de Chateauvy

Médaille de Saint-Hubert, le protecteur des chasseurs.

NOTES

Toute l'organisation mise en place pour chasser les loups révèle clairement deux choses : d'abord un besoin sans doute légitime de se protéger contre les attaques, mais aussi le reflet d'une haine farouche contre ces animaux.

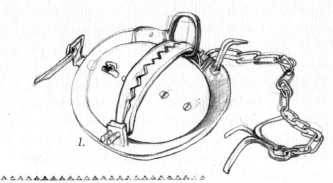

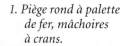

« Excellente synthèse, Percy, je te félicite.

– Je n'ai pas grand mérite, c'est John M. Nicholson qui l'a rédigée avant de disparaître. Tu te souviens ? Mon professeur en sciences criminelles.

– Oui. Il paraît que l'affaire a commencé avec sa disparition ?

– Effectivement. Mais depuis, comme tu peux le constater, les choses se sont plutôt aggravées. »

Autour de nous, les villageois nous écoutent, attendant visiblement autre chose qu'une conversation cordiale entre deux amis qui se retrouvent. Guyldemard prend la parole.

– Messieurs, je propose que nous fassions le point dès aujourd'hui sur les outils et stratégies en notre possession. Nous allons profiter de la journée pour installer des barricades aux entrées du village, poser des pièges à loup dans les chemins alentour et mettre en place des gardes de nuit. Et si tout cela ne donne rien, nous organiserons une grande battue. Croyez-moi, les heures de la Bête sont comptées !

1. *Piège rond à palette de fer, mâchoires à crans.*
2. *Piège « anglais » à palette de fer.*
3. *Piège à engrenages.*
4. *Pic à loup.*

La protection du village s'organise, des barbelés sont disposés tout autour.

Lampe à loup.

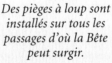

Des pièges à loup sont installés sur tous les passages d'où la Bête peut surgir.

Son discours soulève l'enthousiasme de la foule. Même les deux policemen n'osent protester de cette « prise de pouvoir », sentant bien que leurs compétences sont largement dépassées par celles du lieutenant de louveterie.

Pendant qu'un groupe s'en va tailler des pieux de bois à positionner autour de Manaton, Guyldemard explique à d'autres villageois le maniement des pièges impressionnants qu'il a apportés de France.

En fin d'après-midi, le village ressemble à une veillée d'armes : tout le monde est rassemblé devant la taverne et les tours de garde sont organisés pour la première nuit.

« Ça me rappelle les opérations quand j'étais aux Indes.

– Et moi, mon service militaire en Indochine. Les loups deviennent rare en France, et les grandes battues n'existent pratiquement plus…

– Guyldemard, nous en avons déjà parlé plus d'une fois, et tu connais ma position sur les battues contre ces pauvres animaux.

– Tu peux bien penser ce que tu veux, il n'empêche que si je suis ici, c'est que tu as fait appel à moi.

– Oui, mais là, la situation est vraiment différente. Je ne suis pas sûr du tout que nous ayons affaire à un simple animal… »

Le soir, je prends mon tour de garde à la sortie ouest du village. Pas très loin du château du comte. La nuit s'annonce fraîche et sombre, j'ai pris avec moi une lampe-tempête, plus pour m'éclairer que pour me protéger.

Sur le coup de deux heures du matin, le froid me gagne et je fouille mes poches pour voir si je n'aurais pas pensé à prendre des gants. Tiens, l'étui à cigares du professeur, je l'avais complètement oublié. En tout cas, il tombe à pic, je vais fumer à la santé de Nicholson.

Je n'arrive pas à croire à sa disparition tragique.

Soudain, je réalise que le cigare que je tiens entre les mains n'est pas normal. Il est trop rigide et… c'est un faux ! En le tournant au niveau de la bague, il s'ouvre en deux, révélant une cache dans laquelle un papier est roulé. À la maigre lumière de ma lampe, je tente de voir ce qui est écrit dessus. On dirait de l'allemand ancien, gothique. Qu'est-ce que cela signifie ?

Un craquement se fait entendre devant moi. Le temps de lever la tête pour voir quelque chose bouger, et puis plus rien. Un chevreuil nocturne, sans doute.

Que va donc amener cette nuit de veille et de tension ?

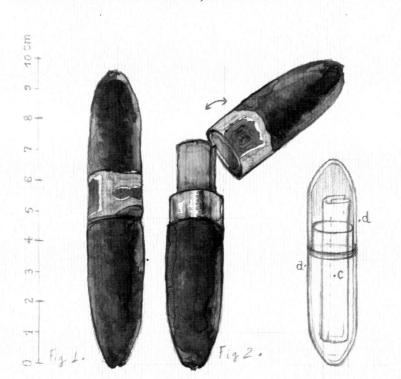

Le «cigare» du professeur s'ouvre en deux, dévoilant un mystérieux message.

103

CHAPITRE 10

LA CHASSE
EST OUVERTE !

Le loup

Cette nuit, personne n'a rien vu ni entendu, il semblerait que la Bête ait fait une pause. À moins qu'elle ne soit au courant de tout ce que Guyldemard a mis en œuvre pour la traquer.

Toute la journée, une certaine agitation règne dans le village. L'auberge ne désemplit pas, le plan de bataille d'une grande battue nocturne s'y met en place. Tout le monde est là, Violet superbe avec son chapeau noir. Même le comte et sa garde-chasse veulent participer à la chasse. Le comte semble soigneusement éviter de croiser mon regard.

Avec la nuit, la brume s'est installée sur la lande. C'est le signal du départ !
« En avant ! dit Guyldemard. Chacun rejoint sa position. Gardez bien la ligne, et surtout, ne vous isolez jamais, restez à portée de vue de vos voisins.

Très rapidement, je me retrouve isolé, perdu dans le brouillard.

– Ça ne va pas être facile, avec ce brouillard. » L'avancée de la battue se fait lentement, dans un silence tendu. Et puis soudain, tout le monde se fige : un long hurlement glaçant se fait entendre dans le vallon, pas très loin de ma position.

« La voilà ! » Est-ce que tout le monde a vu la même chose que moi ? J'ai aperçu une grande silhouette sombre, au sommet d'une colline, se glissant derrière un cromlech et… je jurerais que la Bête avançait dressée sur ses pattes arrière !

C'est l'hallali. Je vois Guyldemard courir en tête du groupe, se faire dépasser par le comte au grand galop et disparaître dans la brume.

« Attendez-moi ! » Évidemment, personne ne m'entend. Bon sang, mais comment font-ils pour avancer aussi vite dans cette lande ? Et cette ferme en ruine, je ne suis pas déjà passé devant tout à l'heure ? Ah, il m'a semblé entendre un cri par ici, je fonce. Non, demi-tour, je suis en train de m'enfoncer dans la vase. Je réalise brusquement que je suis même sur le point d'y être englouti… Pas de panique, surtout pas de panique, même si la boue m'arrive maintenant à la taille ! Ce n'est pas possible, je ne vais quand même pas finir mes jours ici ?

Ensuite, je ne sais plus ce qui s'est passé. Au moment où l'eau atteignait presque ma bouche, j'ai senti qu'on me tirait vigoureusement hors du marais. Épuisé, au bord de l'évanouissement, me voici maintenant allongé dans les herbes hautes. Un grand calme règne sur la lande. Mais qui sont tous ces gens ? Ah ! un visage connu, Violet. Comme elle est charmante avec son grand chapeau à la lueur de la lune.
« Major, réveillez-vous, je vous en prie. Le lieutenant de louveterie a disparu.
– Guyldemard ? Bon sang ! Et la Bête, vous l'avez eue ?
– Non, elle aussi s'est évanouie dans la brume, personne n'a seulement pu voir à quoi elle ressemblait. Ou alors, si vous écoutez les témoignages, ils sont tous différents les uns des autres. Mais major, vous êtes trempé. »
Il est bien temps qu'elle s'en rende compte.

Guyldemard de Saint-Hubert, grand organisateur de la battue.

Dans la brume, les rochers de la lande ont tous des formes étranges.

*La Bête, selon ce que je crois
avoir vu sur la lande.
À moins que ce ne soit
dans mes rêves…*

CHAPITRE 11

LE DÉCRYPTAGE
DU CODE

Résumons : la situation n'est pas mauvaise, elle est catastrophique !

Un : la Bête nous a échappé. Deux : Guyldemard de Saint-Hubert, mon très cher ami, a été retrouvé ce matin déchiqueté au pied d'un rocher. Trois : je ne sais qui est mon sauveur du marécage, mais il en a profité pour me subtiliser l'étui du professeur, avec son cigare factice. Quatre : j'ai passé une nuit épouvantable, peuplée de rêves où Violet se transformait soudain en loup-garou et se jetait sur moi… Je ne sortirai pas de ma chambre avant d'avoir mis mes idées au clair.

Reprenons dans l'ordre. Qui ou quoi rôde dans la lande et y sème la mort ? Qui s'est battu avec le professeur le jour de sa disparition ? Qui m'a sorti du marais et m'a volé l'étui à cigares ? Pfff, que de questions, et si peu de réponses.

Le major

Et si les chiffres du code étaient en lien avec des mots du Chien des Baskerville *?*

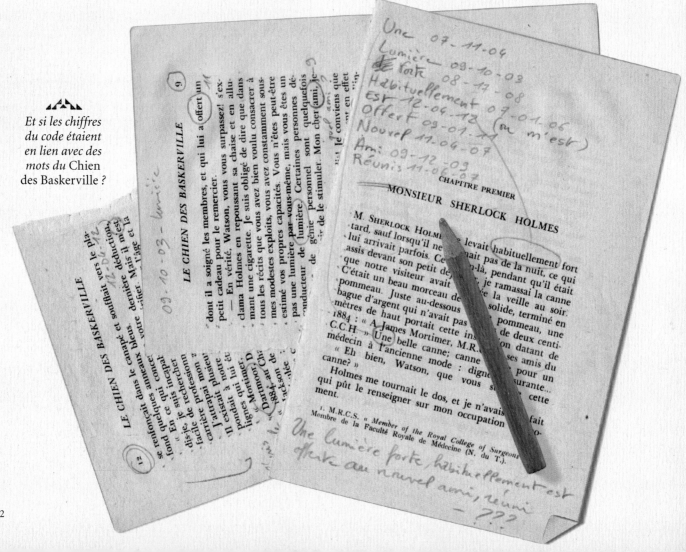

Ah, et puis encore une : qui a fouillé ma chambre il y a trois jours, et surtout, pour chercher quoi ?

Une petite lumière s'allume dans les brumes de mon cerveau : le papier que j'ai trouvé caché dans la table de nuit, et si c'était ça que recherchait mon mystérieux cambrioleur ? Je l'avais oublié. Je le ressors de ma valise. Voyons, c'est bien l'écriture de Nicholson. Et ces chiffres alignés me font penser à quelque chose… J'y suis : le professeur nous avait parlé dans un de ses cours d'un système de codage ancien qu'il aimait encore utiliser. Ce codage renvoyait à des pages d'un livre choisi, puis à des lignes, puis à des mots.

Un livre, un livre… Aucun ouvrage dans ma chambre, à part… *Le Chien des Baskerville*, celui que m'a fait envoyer le professeur à Londres !

Fébrilement, j'attrape le vieux roman tout corné et commence à l'annoter, la liste de chiffres sous les yeux.

On frappe.

– Qui est-ce ? J'ai demandé à ne pas être dérangé de la journée.

– Ce n'est que moi, major Kinks, le patron de l'auberge. Désolé de vous déranger, mais j'ai un carton d'invitation à vous remettre.

Tiens, tiens. Le comte Bela Farkas donne une grande réception chez lui ce soir. En voilà un au moins qui garde le moral.

« Une – lumière – forte – habituellement – est – offert… » Zut, ça ne veut vraiment pas dire grand-chose, je laisse tomber cette piste. Et si j'essayais de faire coïncider ces chiffres avec les coordonnées géographiques des lieux des attaques de la Bête ?

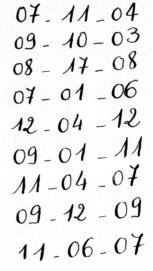

07 - 11 - 04
09 - 10 - 03
08 - 17 - 08
07 - 01 - 06
12 - 04 - 12
09 - 01 - 11
11 - 04 - 07
09 - 12 - 09
11 - 06 - 07

Ces chiffres pourraient être des dates, mais pour signaler quoi ?

Le comte Bela Farkas sera heureux de vous recevoir en son château

Ce soir même à partir de 19 h

Pour un cocktail dînatoire

Tenue de soirée recommandée

Sur le carton d'invitation du comte, un loup.

ORDNANCE SURVEY
Contoured Road Map of
DARTMOOR
and EXETER
Popular Edition Price 2/6 Net.
Scale: One Inch to One Mile.

Sheet 138

MORETON HAMPSTEAD DISTRICT

Published by A. & C. Black, London.

Hound Tor: Bloc granitique en forme de chien situé entre Manaton et Widecombe-in-the M.-se,

EXTRAIT DE CARTE OU CROQUIS DE SITUATION

Hound Tor

1 - Le village de Manaton : principal cadre de l'enquête, lieu de la disparition du Professeur.

2 - Torhill "Mort sur la lande" lieu de la découverte du corps de la jeune paysanne victime de la bête.

3 - Great hound tor : lieu d'attaque du camp scout.

Ce soir, la lune est pleine et rousse.

Les résultats des analyses des poils ne font qu'obscurcir le mystère.

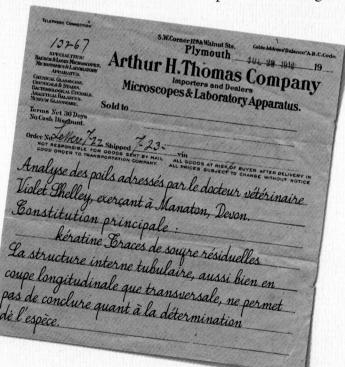

Non, rien ne correspond. Je suis pourtant certain qu'il y a une clé entre cette série de chiffres et l'histoire de la Bête.

« Qui frappe encore à ma porte ? J'avais pourtant demandé à être tranquille !

– Eh bien, vous avez une drôle de façon d'accueillir votre cavalière…

– Oh, c'est vous, miss Shelley. Entrez, je vous prie. Désolé, mais je bute depuis ce matin sur ce fichu code. »

En quelques mots, je mets Violet au courant de mes recherches infructueuses.

« Il y a un lien entre ces chiffres et le livre, je le sens. Mais lequel ?

– Et vous avez essayé de prendre non pas les mots entiers, mais la première lettre de chacun ?

– Non, alors voyons : u-l-f-h… Ça alors ! …-e-o-n-a-r. *Ulfheonar* ! Miss Shelley, vous êtes un génie, ma bonne fée ! »

J'enlace Violet et lui dépose un baiser sur la joue. Une jolie couleur rose lui monte au visage.

« Mais qu'est-ce que cela signifie ? se reprend Violet.

– C'est de l'allemand médiéval, ou du scandinave, je ne sais plus. Cela désigne des êtres mythologiques, des guerriers-loups capables d'entrer dans une fureur sans nom et de devenir tout-puissants.

– Mais alors… notre Bête… ce pourrait être un de ces " *Ulfheonar* " ?

– C'est en tout cas ce que semblait penser le professeur Nicholson. Mais, au fait, vous veniez me dire quelque chose, peut-être ?

– Oui, j'ai une bonne et une mauvaise nouvelle. Enfin, mauvaise, peut-être pas vraiment, après ce que vous venez de découvrir.

– Dites-moi toujours.

– J'ai enfin reçu les résultats des analyses des poils. Ceux que m'avait transmis le professeur et ceux que vous avez trouvés sur le camp scout.

– Et alors ?

– Ce ne sont ni des cheveux humains, ni le pelage d'une espèce connue. »

Cela commence à faire bien des éléments concordants, mais je n'y comprends toujours pas grand-chose.

« Et vous disiez que vous aviez aussi une bonne nouvelle ?

– Oui, je vous propose de m'accompagner chez le comte ce soir.

– Bon sang, la réception, je l'avais complètement oubliée. Mais quelle heure se fait-il ?

– Disons qu'il vous reste dix minutes pour vous préparer et nous serons encore dans les temps. Une belle nuit s'annonce avec cette pleine lune.

– Oui, d'autant qu'elle est rousse, c'est le moment préféré des loups-garous pour se déchaîner.

– Vous plaisantez, j'espère ?

– À moitié. D'ailleurs, pouvez-vous me dire pourquoi vous avez accroché votre fleur d'aconit protectrice à votre boutonnière ? La scientifique se laisserait-elle aller à un peu de superstition ?

Violet me lance un regard furieux, la soirée promet d'être belle.

*Violet, superbe
dans sa tenue
de soirée.*

*Le médaillon
à la fleur d'aconit.*

117

SOIRÉE MACABRE AU MANOIR

Quelle réception ! Plus de la moitié des habitants du village doit être réunie ici ce soir. Même sir Bugle-Horn, le gentleman qui a dû vendre son château au comte. Maussade – je le comprends – mais présent.

Viktoria, la garde-chasse, nous attend sur le perron. Elle a gardé son uniforme, et même son fusil sur l'épaule.

« Étrange tenue de soirée pour accueillir des invités… »

Elle se contente de me lancer un regard féroce.

Mais déjà, le comte Farkas s'avance vers nous.

« Cherrs amis, trrès cherrrs amis, c'est trrès aimable à vous de vous être rrendus disponibles pour ma petite soirrrée.

– Mais je vous en prie, tout le plaisir est pour nous.

– Je tiens d'aborrrd à m'excuser pourrr mon attitude de l'autrre jourrr, me dit-il. Je venais d'apprrendrrre une trriste nouvelle, et je n'étais pas dans mon état norrrmal.

– Ça, on peut le dire, glissé-je à l'oreille de Violet. Il venait visiblement de se battre avec quelqu'un.

Visite guidée
du manoir par
le comte lui-même.

– Mais n'y pensons plus, voulez-vous ? Puis-je vous fairrre visiter ma modeste demeurrre ? »

Et il s'élance aussitôt un grand chandelier à la main, tous les invités lui emboîtant le pas.

« Modeste » n'est pas vraiment le mot pour qualifier son château. Les grandes salles regorgent de tentures, d'armes anciennes et d'antiquités. Toutes, ou presque, ont un rapport avec les mythes nordiques liés aux loups. Comme cette plaque de cheminée par exemple, avec sa tête de fauve entourée par un serpent qui se mord la queue. Mais où ai-je déjà vu cette figure ? J'y suis : le tatouage sur le bras du comte !

La plaque de cheminée ornée d'une tête de loup entourée d'un serpent.

Je commence enfin à comprendre bien des choses : cette représentation de puissance et de guerre, le mot *Ulfheonar*… Je crois qu'il est temps de demander des explications au comte.

Un cri d'horreur retentit à l'entrée de la grande salle.

« Le gentleman, c'est le gentleman ! crie quelqu'un.

– Mon Dieu, il est mort… enchaîne un autre.

– C'est la Bête, je l'ai vue s'enfuir dans le jardin », s'exclame une troisième personne.

Une très ancienne représentation de guerriers-loups.

Je réagis immédiatement : « Violet, je pars prévenir la police, surtout ne bougez pas jusqu'à mon retour. »

Mais j'ai à peine le temps de faire une cinquantaine de pas qu'un autre cri se fait entendre dans l'obscurité du parc, me glaçant le sang comme jamais : Violet !

Au pied du grand escalier, gît sir Bugle-Horn, la gorge ensanglantée.

Dehors, à la lueur de la pleine lune, le spectacle est ahurissant : rugissante, la Bête est en train de tourner autour de Violet, pétrifiée. Quelque chose semble empêcher le monstre de se jeter sur elle… La fleur d'aconit ! C'est ça, Violet est protégée par la force magique de cette simple petite plante que lui a offerte la jeune gitane.

Tout le monde paraît figé par un mélange de stupeur et de terreur. N'y tenant plus, je me jette sur la Bête. Ou plutôt devrais-je dire le loup-garou. Cet être monstrueux a bien une allure humaine et même un uniforme déchiqueté de l'armée anglaise !

Le monstre a une force incroyable. À peine ai-je le temps de sortir mon revolver qu'il m'immobilise le poignet et me bouscule avec une force surhumaine.

« Aaaaïe ! » Une douleur fulgurante m'irradie le bras gauche, dans laquelle le loup-garou vient de planter ses crocs. J'arrive à me dégager d'une secousse, mais je sens bien que je ne vais pas tenir longtemps face à lui. Déjà, sa mâchoire

Le loup-garou est doté d'une force phénoménale, inhumaine.

s'approche centimètre par centimètre de ma gorge… Bon sang, mais que font les autres ? Où est le comte ? Et sa garde-chasse ?

Bang !

Au moment même où j'allais lâcher prise, un coup de feu retentit. La Bête se cabre dans un hurlement déchirant et déguerpit vers le fond du parc.

Allongé dans l'herbe, je reprends mon souffle avec peine. Le regard voilé de rouge, j'ai du mal à distinguer ce qui se passe autour de moi. Je réalise que la personne qui vient de passer à côté de moi en courant n'est autre que le comte. D'accord, tout va bien, je suis vivant et le comte prend le relais. Et Violet, où est Violet ?

Mais ma raison manque de vaciller quand je vois surgir d'un buisson du parc la personne à laquelle je m'attendais le moins en ces circonstances.

« Professeur Nicholson ! Vous êtes donc vivant ? Vous n'étiez pourtant pas invité à la soirée, il me semble.

– Percy, arrêtez donc avec votre humour et remettez-vous les idées en place. Il faut l'arrêter, il va y arriver !

– N'ayez crainte, le comte sait se défendre.

– Non, c'est le comte qui va attaquer le colonel ! Vite, il a pris sa seringue. Suivez-moi, il faut absolument l'en empêcher.

– Mais que… ? »

Je n'y comprends plus rien. De quel colonel parle-t-il ? Et d'abord, d'où sort-il ainsi, ce cher professeur ?

Me relevant avec difficulté, je m'enfonce dans l'obscurité du parc, là où commence la lande. Là où se joue le pire des drames.

*Violet, pétrifiée
face à la Bête.*

La balle d'argent.

En quelques dizaines de secondes à peine, le loup-garou retrouve son aspect humain.

Je vois déjà le professeur atteindre les limites du parc en s'avançant dans la lande. J'ai du mal à suivre son rythme, et je sens que je vais le perdre de vue, quand il s'arrête brusquement :

– Regardez, là, sur le sol…

Sur la boue du chemin, je distingue très nettement des traces gigantesques de loup. Mais deux mètres plus loin, celles-ci n'ont plus exactement la même apparence. Un peu plus loin encore, ce ne sont déjà plus les empreintes d'un fauve, et pas encore celles de pieds humains…

– Barking va mal, la transformation est déjà en train de se faire. Depêchons-nous, Percy.

– Barking ? C'est donc de lui que vous parliez en disant « le colonel » ?

– Oui. Vous n'avez donc pas encore compris ? Le loup-garou, le monstre du Devon, c'est lui !

Sans me laisser le temps de me remettre de ma stupeur, le professeur repart dans la lande à vive allure. D'accord, je chercherai à comprendre plus tard.

Deux cents mètres plus loin, contre l'ancienne grille de la propriété, le comte est là. Il est au-dessus d'un homme ensanglanté, aux vêtements déchirés, mais je n'arrive pas à distinguer ce qu'il fait. On dirait un vampire assoiffé de sang penché sur sa proie.

Le comte tient une seringue pleine de sang à la main. Celui du loup-garou ?

« Farkas, arrêtez ça tout de suite ! »
Sous l'injonction du professeur, le comte se retourne vivement. Une seringue pleine de sang à la main, il se jette avec fureur sur Nicholson. Alors que je m'apprête à mon tour à me jeter dans la mêlée pour venir en aide au professeur, Violet surgit de l'ombre, avec toute son énergie, et surtout en sortant son petit revolver Bulldog de son sac. Elle tire dans le bras du comte. Il est vaincu.

Malgré de nombreuses missions à son actif, le professeur a du mal à résister face à la fureur du comte.

Le calme est enfin revenu sur la lande. Le professeur tient en joue le comte qui reste désormais tranquille, malgré sa rage évidente. Juste à côté de lui, sur un rocher, la seringue cassée laisse échapper ses dernières gouttes de sang dans le sol. Pour ma part, je reprends peu à peu mon souffle, le regard fixé dans celui de Violet. Celle-ci finit par sourire et baisser les yeux. J'aimerais bien lui dire certains mots, mais le moment n'y est pas.

Même Barking semble apaisé. Maintenant qu'il est mort, malgré ses habits en lambeaux, je le reconnais bien à présent : qu'a-t-il donc pu arriver pour que mon ancien compagnon militaire des Indes se retrouve aujourd'hui sur cette lande, tué après avoir répandu la terreur dans le pays ?

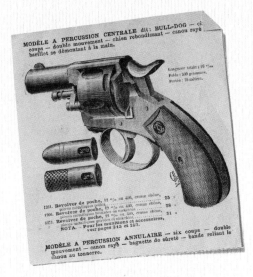

L'arme de défense de Violet, un petit revolver de poing.

Avec rage et courage, Violet s'apprête à tirer sur le comte.

L'HEURE DES RÉVÉLATIONS

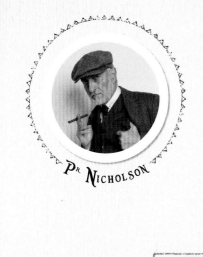

Une grande confusion règne encore dans le château. Le corps ensanglanté du colonel a été délicatement déposé sur la table de la salle de réception et dans un coin, les policemen tiennent sous bonne garde le comte menotté. La garde-chasse est toujours en fuite. Pendant que Violet me donne les premiers soins, Nicholson nous rejoint.

« Professeur, je crois que vous me devez des explications.

– Avec plaisir, cher Percy, ou plutôt devrais-je dire : cher collègue.

– Collègue ?

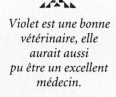

Violet est une bonne vétérinaire, elle aurait aussi pu être un excellent médecin.

130

– Oui, car figurez-vous que moi aussi je fais partie du MI5. Mais ne vous inquiétez donc pas comme ça, je vais tout vous raconter. »

Je dois avoir une mine absolument stupéfaite, car le professeur me regarde avec un mélange de soulagement et d'ironie.

« Sachez, Percy, que vous étiez là au tout commencement de cette histoire.

– L'Inde ?

– Bien vu. Vous vous rappelez certainement cette expédition dans laquelle je vous avais entraînés, vous et Barking, pour chercher des cynocéphales dans les grottes du Cachemire ?

– Oui, nous n'en avions rien ramené, à part Barking, une morsure de loup.

– Eh bien justement…

– Quoi ? La morsure ? je pensais qu'elle n'avait rien de grave.

– En apparence, non. Mais il semblerait que ce loup qui avait mordu Barking n'était pas un loup ordinaire. De nombreuses attaques étranges et monstrueuses ont eu lieu quelques mois plus tard, toujours autour de la garnison de Barking, et toujours des soirs de pleine lune.

– Je n'ai jamais entendu parler de ça. À l'époque, j'étais déjà rentré en Angleterre. Et vous pensez que c'était Barking le responsable de ces attaques ?

– Je ne le pense pas, cher Percy, j'en suis sûr ! Le lieutenant-colonel Barking était devenu un loup-garou. »

Nicholson continue.

« Je l'ai en tout cas soupçonné très tôt, même si tous les rapports de l'armée de l'époque avaient conclu à des attaques de loups enragés. Il faut dire que c'est Barking lui-même qui organisait les enquêtes.

– Le parfait alibi, quoi.

Les loups ont parfois des attitudes impressionnantes, sans pour autant être agressifs.

La Bête

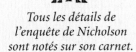

Tous les détails de l'enquête de Nicholson sont notés sur son carnet.

– Oui, mais de grâce, ne le jugez pas trop vite. Le pauvre homme ne devait pas savoir comment s'en sortir.

– Ça ne l'a pas empêché de poursuivre sa carrière d'officier. J'ai su qu'il avait été nommé il y a peu dans la région.

– Oui, moi aussi, et c'est là que j'ai eu la confirmation de mon hypothèse. Quand les premières attaques sur les troupeaux ont eu lieu dans le Devon, il y a un mois, j'ai fait le rapprochement. Je suis donc venu mener mon enquête ici discrètement, en commençant par rencontrer cette charmante jeune vétérinaire, qui m'a confirmé que les attaques des moutons n'étaient pas classiques.

– Violet.

– Oui, c'est cela, miss Shelley. Qui ne vous laisse pas indifférent, si je ne m'abuse… »

Je prends une mine résolument indifférente.

« J'ai alors décidé de tenter un coup de poker : j'ai donné rendez-vous à Barking sur la lande, avec l'intention de le prévenir.

– Vous vous mettiez en grand péril…

– Effectivement, mais c'était pour moi le seul moyen d'être sûr de mon hypothèse. Et je n'ai pas été déçu, si l'on peut dire. Ce soir-là, Barking, dans un état de grande confusion, a commencé à se transformer en loup-garou et s'est jeté sur moi. Avant de réaliser peut-être ce qu'il faisait et de s'enfuir.

– C'est ce soir-là que vous avez disparu, volontairement, laissant derrière vous votre sang et quelques cendres de cigare.

– Et mon étui aussi, rappelez-vous.

– Ah oui, l'étui. Avec son étrange message. C'est vous qui l'aviez écrit, ce message ?

– Non. Et c'est ici qu'entrent en scène les autres personnages de notre histoire : le comte Bela Farkas et sa garde-chasse.

– Attendez. Vous avez dit tout à l'heure que vous vouliez prévenir Barking. Le prévenir de quoi ?

– Ah, cher Percy, je retrouve bien là votre sens du détail. En fait, je connaissais aussi l'arrivée récente du comte dans le pays. Or j'étais convaincu que ce n'était pas un hasard. Voyez-vous, ce comte n'est pas n'importe qui : c'est un grand connaisseur des mythologies autour des loups.

– Jusque-là, rien d'autre qu'une curiosité que l'on connaît.

– Certes, mais quand on est aussi un espion austro-hongrois recherché par le MI6, l'affaire n'est plus si anodine…

– Un espion ?

Le professeur Nicholson raconte comme il donne des cours : avec passion.

Dans le cigare truqué du professeur, un morceau d'un étrange manuscrit ancien.

– Tout comme sa complice, la garde-chasse. Bela Farkas a entendu parler des massacres en Inde, et il a fini par faire le lien avec Barking. Apprenant qu'il était nommé ici dans le Devon, il a décidé d'acheter le château pour se retrouver près de lui.

– Mais dans quel but ?

– Tout simplement – et tout follement – dans celui de s'emparer de sa puissance de loup-garou pour la transmettre à des soldats.

« Qu'est-ce que c'est que cette histoire ?

– Le comte fait partie des adeptes des guerriers-loups, les fameux " Berserkers ". Ces terribles combattants de la mythologie nordique tiraient leur force, dit-on, d'un onguent fait à partir de sang de loup-garou… En fait, le comte avait pour objectif de capturer Barking pour lui soutirer son sang et pouvoir recréer une armée de guerriers-loups invincibles. Il aurait ainsi pu, pensait-il, redonner toute sa puissance à l'Empire austro-hongrois.

– Quel délire !

– Pas tant que ça. Tenez, Percy, lisez donc ce dossier. C'est le numéro 7, celui que j'avais volontairement omis de laisser dans la sacoche que Violet vous a remise. »

Les guerriers-loups

Pas de doute : le comte Bela Farkas connaît les légendes nordiques qui parlent de guerriers-tueurs invincibles, enragés comme des loups, insensibles à la peur et à la douleur.

Ges. v. Th. Pixis. — Phot v. J. Albert.
Wotans Abschied von Brünhilde.
(Aus der Walküre.)
Nr. 8.
Verlag von J. ALBERT, München.

Odin

Dieu principal de la mythologie nordique, il était entouré d'une armée de guerriers, habités de forces animales. Dieu du savoir, de la victoire et de la mort, il assurait ainsi sa puissance et sa prédominance sur les autres dieux.

ODIN.

Fils de Loki et de la géante Angrboda, Fenrir était un loup gigantesque. Considéré comme trop puissant par les dieux nordiques, il fut attrapé et enchaîné par la ruse. Ayant réussi à se libérer, il avala Odin.

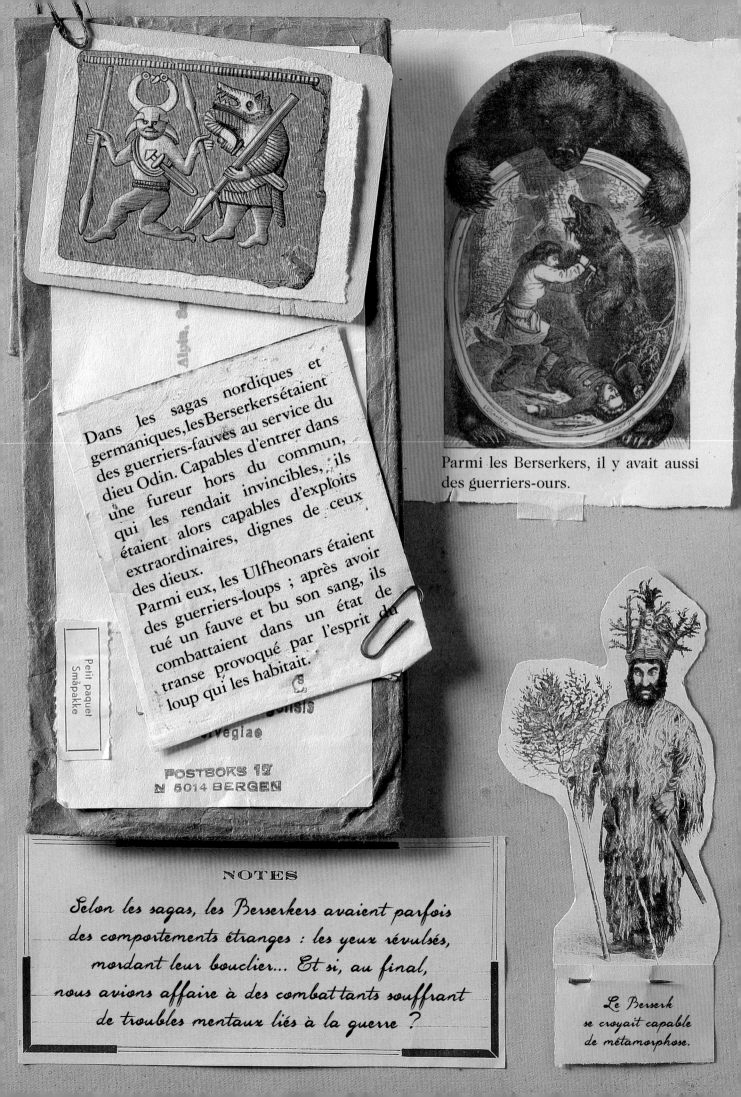

Dans les sagas nordiques et germaniques, les Berserkers étaient des guerriers-fauves au service du dieu Odin. Capables d'entrer dans une fureur hors du commun, qui les rendait invincibles, ils étaient alors capables d'exploits extraordinaires, dignes de ceux des dieux.
Parmi eux, les Ulfheonars étaient des guerriers-loups ; après avoir tué un fauve et bu son sang, ils combattaient dans un état de transe provoqué par l'esprit du loup qui les habitait.

Petit paquet
Småpakke

POSTBOKS 17
N 5014 BERGEN

Parmi les Berserkers, il y avait aussi des guerriers-ours.

NOTES

Selon les sagas, les Berserkers avaient parfois des comportements étranges : les yeux révulsés, mordant leur bouclier... Et si, au final, nous avions affaire à des combattants souffrant de troubles mentaux liés à la guerre ?

Le Berserk
se croyait capable
de métamorphose.

« Toute la puissance de l'animal sauvage…

– Oui, le comte y croyait en tout cas. Au point de fouiller dans votre chambre pour retrouver le morceau de manuscrit – qui indique une recette de transformation – que je lui avais dérobé et caché dans l'étui à cigares. Ah, au fait, je vous rassure, c'est moi qui l'ai récupéré quand je vous ai sorti du marais. Le comte s'est aussi battu avec sa garde-chasse après qu'elle a tiré sur le loup-garou. Sentant que les choses lui échappaient, il a improvisé cette grande soirée, espérant que Barking se dévoilerait. Les choses ont mal tourné pour lui, mais aussi pour ce pauvre Barking.

– C'est donc vous qui avez tiré sur lui. Mais pourquoi ?

– Parce que hélas, c'était la seule façon de le débarrasser de cette malédiction. Je l'ai tué avec une balle d'argent. »

Le professeur s'approche de moi avec du fil et une aiguille.

« Tiens, en parlant d'argent, c'est aussi le métal idéal pour recoudre votre plaie.

– Vous pensez que cela suffira à me protéger ?

– Qui sait, Percy, qui sait… »

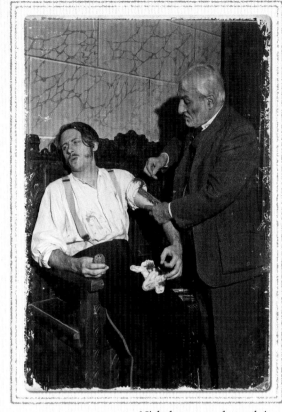

Nicholson recoud ma plaie avec un fil d'argent, seul remède efficace selon lui contre les morsures de loup-garou.

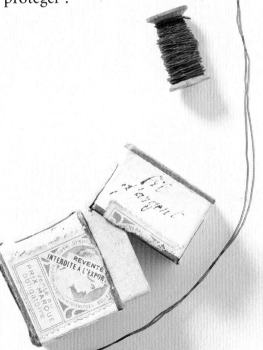

{ ÉPILOGUE }

Je suis sur la lande. Elle est rousse comme en automne et se recouvre peu à peu de flocons de neige. Pourtant, je n'ai pas froid. Un grand silence règne, pas un souffle de vent, pas un chant d'oiseau.

Je distingue au loin une silhouette qui s'avance vers moi. Il me semble le reconnaître. Oui, c'est bien lui : le major Percy Kinks s'avance vers moi en souriant. Je sais bien que c'est mon arrière-arrière-grand-père et pourtant, il a mon âge, portant beau son uniforme de l'armée britannique.
Il est maintenant à quelques pas de moi, toujours souriant. Il ouvre ses bras comme pour m'enlacer et ouvre la bouche. Il va me parler...

« Tiit, tit ! Tiit, tit ! Tiit, tit !... »
J'ouvre un œil et aperçois les chiffres lumineux de mon téléphone : sept heures du matin. Mais qui peut bien téléphoner aussi tôt ?
« Monsieur Kinks ? C'est Jack Feather, votre éditeur. Je ne vous réveille pas, j'espère ? Désolé, mais je ne pouvais attendre davantage. J'ai passé la nuit à lire votre histoire, c'est formidable ! C'est donc d'accord, je vous édite... Eh bien, vous ne dites rien, vous n'êtes pas content ? »
Je bredouille quelques mots de remerciement, encore perdu dans les brumes de mon rêve de lande.
« Cette histoire est la meilleure que j'aie lue depuis des années. Et cette idée d'y glisser des fac-similés de dossiers, excellent. Mon cher, vous avez une imagination comme j'en ai rarement rencontré. »

Bien réveillé maintenant, j'hésite à lui expliquer que tout cela n'a rien à voir avec mon imagination. Avec un sourire, je finis par renoncer.

« Ravi que l'histoire vous ait plu, monsieur Feather. »

– Bien, parfait. Je vous propose de passer en fin d'après-midi pour signer votre contrat.

– Vous voulez dire aujourd'hui ?

– Disons vers dix-neuf heures.

– Je suis désolé, mais cela ne va pas être possible.

– Ah, c'est embêtant, j'aimerais lancer le livre avec vous au plus vite. Vous êtes sûr que vous ne pouvez pas ?

– Oui, j'en suis navré. En revanche, je suis disponible demain quand vous voulez.

– Très bien, alors, à dix-sept heures dans mon bureau, autour d'une tasse de thé.

– C'est entendu. Bonne journée, à demain.

– Bonne journée à vous également.

Heureusement la journée commence bien.
Mais ce soir, c'est la pleine lune...

⟨REMERCIEMENTS⟩

Ils ont « joué » dans ce livre : (par ordre d'apparition)
Jean-Michel Nicollet (professeur John M. Nicholson), Camille Renversade
(le major Percy Harrison Kinks), David Raphet (le gentleman
sir Timotty Bugle-Horn, le soldat indien, un policeman), Sébastien Brun
(le colonel Stanley Barking et le loup-garou), Anaïs Podraza (la vétérinaire
miss Violet Shelley), Gilbert Juge (l'agent de police Flitch, un villageois),
François Andréa (le révérend Landgrave, un paysan), Jean-Louis Renversade
(l'antiquaire Mr Reginald Crackpot), Maïlys Vialet (la garde-chasse
Viktoria Hammer), Lucile Thibaudier (la victime miss Betty Diswarn,
la Miss invitée chez le comte), Jean Perrier (le chasseur Mr Partridge),
Katarina Ho Van Ba (la gitane Dragana), Victor Calazana (le gitan Dragan),
Florent Gelsomino (l'homme-loup gitan Dragomir), Victor Cagnin
(le 1er louveteau Peter Pug), Théo Lhuillet (le 2e louveteau William Fang),
Bruno Maffre (le chef scout Jack Mastiff), Giles Patissier (le lieutenant
de louveterie Guyldemard de Saint-Hubert), Jean-Raymond Hiebler
(le comte Vadallat Bela Farkas), Marie-Jo Raphet (la lady invitée chez
le comte), Martial Raphet (le gentleman invité chez le comte).

Ils nous ont prêté leurs décors et leurs objets fabuleux :
Bernard Vaireaux, le musée de l'Automobile ; Henri Malartre à Rochetaillée-
sur-Saône, le wagon de train du Devon et le wagon transformé
en roulotte ; Mme et M. Dugon, leur château (décors de la taverne,
du club des officiers, la forêt et la lande, le hall du château...) ;
M. Jean-Christophe Neidhardt, le musée Testut-Latarjet d'anatomie
et d'histoire naturelle médicale de Lyon (décors de laboratoire et cabinet
de la vétérinaire) ; M. Giles et Cécile Patissier, leur terrain et leur forêt
(décor du camp scout, scène de nuit dans la brume...).
M. Guy Laurent et Laurent Moto de Saint-Priest, la moto « ancêtre »
Peugeot Paris-Nice de 1912 (600 cm³) ; Yannick Fourié, la balle
de mousquet, le papyrus et les poils d'hypertrichose ; Jean-Raymond Hiebler,
la balle de Mauser (balle d'argent) ; M. Henri Charlin, la trompe de chasse ;
Frédéric Lisak, la lampe à loup, le piège à loups, la trace de patte de loup...

Ils ont participé à la réalisation de ce livre :
Camille Renversade, Jean-louis Renversade et Gilbert Juges
(photographies), Anaïs Renversade (photos du major dans la brume),
Anaïs Podraza (photo des détails de la boutique d'antiquités),
Katarina Ho Van Ba (maquillage homme-loup et loup-garou),
David Raphet (maquillage de la morsure de loup-garou sur la jeune paysanne),
Agnès Pourcelot (maquillage de la cicatrice due à la morsure de loup-garou
sur le major), Pascale Labbe (écriture manuscrite).

Ils nous ont conseillés et documentés :
Pierre Dubois, spécialiste du Devon et des légendes anglaises de chien
noir. Christian Le Noël, la bête du Gévaudan (théorie de la cuirasse).

Aide et soutien : Hortense Brun, Fanny Michel, Annie Renversade.

ÉDITIONS PETITE PLUME DE CAROTTE

28, IMPASSE DES BONS-AMIS - 31200 TOULOUSE, FRANCE

www.plumedecarotte.com

CONCEPTION, SCÉNARISATION ET RÉALISATION DES ILLUSTRATIONS : *Camille Renversade*
TEXTE : *Frédéric Lisak* • PRISES DE VUE : *Camille Renversade, Jean-Louis Renversade et Gilbert Juges* • PHOTOGRAPHIES DES OBJETS : *Yannick Fourié*

....

DIRECTION ÉDITORIALE : *Claire Kowalski* • COORDINATION ÉDITORIALE : *Delphine Boudou*
DIRECTION ARTISTIQUE : *Geneviève Démereau* • MAQUETTE ET MISE EN PAGE : *Élisabeth Dauban et Pauline Maury* • RÉVISION ET CORRECTION : *Claire Debout*

....

DÉPÔT LÉGAL : novembre 2012 • ISBN : 978-2-36154-041-8
IMPRESSION : Egedsa, Sabadell (Espagne) - septembre 2012

~

LOI N° 49-956 DU 16 JUILLET 1949
SUR LES PUBLICATIONS DESTINÉES À LA JEUNESSE.